根を下ろして生きる

上野明子
Ueno Akiko

文芸社

根を下ろして生きる 目次

第一章

ボランティアに参加して

ボランティアの始まり

この日は、晴れ晴れとしたお天気でした。お天道様ありがとうと言いながら、少しの時間、足の運動をしていますと、気持ちよく、心も豊かになっていきます。

その時、買い物をする際に乗るバスで一緒の方にお会いしました。「公民館へコーヒーを飲みに行きましょう、楽しいですよ」とお誘いいただきましたので、公民館へ行ってみました。当初は、初めてということもあって、戸惑うこともありましたが、二、三回と行く頃には楽しくなりました。

公民館には、近くのスーパーへの行き帰りに立ち寄り、コーヒーをいただきながら周りの方といろいろとお話をしていますと、偶然、知り合いに会ったこともありました。

そうしてお話をする中で、前に住んでいた家の近所の方から、「おじゃまる広場に来ませんか？　子育て支援のボランティアで、月に三回、火曜日にあります。朝九時ですよ」と、誘っていただきました。

すぐに受付で、「次回は何日ですか」とお聞きしますと、「来週の火曜日です」と、教えてくださいました。


公民館で聞いた子育て支援ボランティアへ行こうと、朝九時頃に会場に着きますと、民生委員の方達と会員さんが、準備をされていました。

おはようございますと挨拶をして、〇〇さんの紹介で来ました、と言うと、係の方から、ここへ住所と名前を書いてくださいと言われ、用紙に名前を書きました。

「私、間に合うでしょうか?」とお尋ねしますと、「あなたは赤ちゃんを抱っこできますか?　最初からは無理をしないでね」と親切に教えてくださいまして、とても嬉しく思いました。

「では、お手伝いお願いします」と言っていただき、皆さんの仲間入りの始まりとなり、平成二十四年十月頃よりお世話になりました。

「おじゃまる広場」は、朝十時～十一時三十分までの開催です。それまでに用意をする受け持ちで、民生委員の方が、大広間にマットを敷いて、消毒したモップで拭き、その上におもちゃを置きます。ブランコ、スベリ台、ビニールのプールと、ままごと用の道具や、ぬいぐるみ、絵本などが会場いっぱいに広がります。

また、絵を描くお子さん用の机と椅子が置かれています。椅子は、牛乳パックで作ったものに布を貼り合わせて、会員さんが用意されたと聞いています。正面には机を置き、その上に名札と花丸印を置いて、親子が来られても証明手帳がわかりやすいように、「アカサタナ」と順番に入れる袋を下げまして、その中へ名前を書いた証明手帳を入れておきます。

ほかにも、お子さんが寝られるように、二人分のお布団を敷きます。正面に、「ようこそ、おじゃまる広場へ」と書いたカードを、テープで貼ります。十二ヶ月分のカードがあり、月に合わせて貼りまして、アニメの絵をバランスよく貼ります。

黒板には、今日の行事などや童謡の歌詞が書かれた紙が貼ってあります。月に一回、かがやきさんと健康診断のお知らせと、今日のボランティアさんが出席された名前を貼ります。「かがやきさん」とは、紙芝居や会場内のカーテンを閉めて、「プラネタリウム」で童話のお話をする方のことです。

初めて来られた親子さんの場合、初回用の机と椅子が受付に用意されていて、その場所で住所と氏名を書き、初回の方は一年間五百円の会費を支払って遊んでいただきます。ただ、その前に、係の方に写真を撮っていただき、次回より証明手帳に貼ってくださいまして、花丸印を押してもらいます。

会場の扉にも、「ようこそ、おじゃまる広場へ」と書いた紙を貼り、会場前には、台の上に消毒液を置いて、来られた方から手の消毒をしていただきます。それと玄関では、お子さん用のスリッパを並べる役割があります。そういった皆さんそれぞれの準備があります。

ミーティングの時には、お茶を淹れます。茶器の用意をし、ポットにお湯を入れて準備をしておくのです。できない時は、早く来た方から、用意をします。

皆さんの準備ができたら、「ミーティング」に入り、会長さんから、私に自己紹介をと言われ、「○○番町の上野です。よろしくお願いします」と挨拶しますと、会長さんも皆さんも、「よろしくお願いします」と言ってくださいました。

おじゃまる広場には、○歳から幼稚園までのお子さんが、お母さんと一緒に集まって来られます。お子さんが二、三人連れてこられる時は、お姑さんやご主人と一緒に来られ、遊具で楽しそうにお相手をされています。

健康診断もできるので、お子さんの体重と身長を測っていただき、泣くお子さんもいまして、あやしながら測っておられました。

その後は、おもちゃのあと片づけをして、名前を書いた、おもちゃ箱に入れていきます。最後は、役員さんの歌う「げんこつ山のたぬきさん」と「手のひらを太陽に」に合わせて、手足を使い、シュシュを手首につけて、ボランティアの皆さんと一緒に運動をします。テレビの子ども向け番組で見るダンスという感じです。

それが終わると、ハメコミ式マットのあと片づけを親子さん、会員さん全員でしていただきます。お子さんを見ていると、一生懸命に手伝いをしてくれますので、嬉しかったです。

そして、名札を箱に入れて、皆さん、お世話になりましたと言って、お帰りになります。親子さんに、また来週お遊びしましょうねと言って、一人ひとりに握手をして、気をつけてねと言うと、バイバイと言って、お帰りになります。

でも、お子さんが多い時には、全部の方にはできないことがあります。その時は、残念に思います。消毒液を入れたバケツにタオルを浸して、細かい遊具を一つずつボランティアの皆さん全員で拭きまして、種類別の箱に入れます。皆さんとする仕事だから和やかになります。最初はどうなることかと思いましたが、会員の方達とお話をしますと、笑いながらの作業というか、あと片づけをするのも楽しくなりました。

会場内の掃除も係の方がしていただきますと終わりです。皆さんが、「お疲れさまでした」と言って、お帰りになりました。

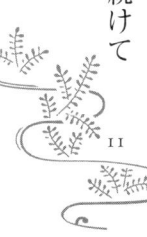

役員の方が、「初めてのお手伝いどうでしたか? 苦しくないですか?」と、お尋ねくださいました。ですが、「お子さん達とお話をし、抱っこさせていただきまして、とても嬉しかったです」とお話をしますと、「そう、よかったわ。これからも続けて

来てくださいよ」と言ってくださいました。私でも、あてにされているのだと思うと、気持ちが楽になりました。

帰る時にコーヒーをいただいて、その場でも同じことを言われました。皆さん親切に言ってくださり、入会させていただいてよかったと思いました。

次の会に、朝少し遅れてボランティアに行きますと、たくさんの方が来ておられました。「遅くなりました」と言いますと、「上野さん、少しも遅くないよ」と言ってくださいました。

「上野さん、今日は、受付の準備を手伝ってください」と言われたので、「私にできるでしょうか？」と返しますと、「最初は誰でも同じこと言われるのよ」と親切に教えていただきました。

私も、このようにして少しずつ覚えられてきます。しばらくすると、「ミーティングです」と言われ、お茶をいただきながら、会長さんが研修に出席されたことをお話しになりました。また、「○月○日に、○○会場でお子さんのことに関してお話会がありますが、参加できる方いませんか?」と言われました。私は、「車の運転ができませんし、市内のこともよくわかりませんから、参加は無理です」と会長さんにお話をしました。すると、「それでいいですよ、この会場でお手伝いをしていただくだけで充分です」と言ってくださいました。そのおかげで、できる範囲のことをさせていただいています。無理をしないでねと、言ってくださいました。

お子さん達のお世話ができて、私は楽しいです。話し合いも終わり、親子がボツボツと来られ、「おはようございます。お世話になります」と手の消毒をして会場へ入ってこられました。

証明手帳に「花丸印」を押される時に、赤ちゃんを抱っこしてあげます。それから親子共に名札をつけて、おもちゃで遊ばれます。また一緒にお話をしながら、ままごと遊びをしているお子さんが、「これケーキよ、ママにどうぞ」と言って、お盆に載せて渡します。ママから、「ありがとう、おいしいよ」と言われると、お子さんは嬉しそうです。それと、コップにお茶を入れるまねをして渡します。こうして、お子さんと楽しく接するようにしています。いや、お子さんに遊んでもらっているような感じもします。

一ヶ月とか三ヶ月、六ヶ月のお子さんも、抱っこして会場内を歩きます。気持ちがよいのか指を吸って、うとうととされました。姑さんに教えてもらったように、「オックン、オックン」と言いながら、また子守唄を歌いながら歩いていました。寝顔を見ていますと、気持ちよさそうで、私も息子の小さい頃を思い出していました。

会員の皆さんも寝顔を見て、「気持ちよさそうね。どうかな？　お布団の上ではすぐ目が覚めるかな」と、口々に言ってくださいました。

とりあえずお子さんをお布団の上に寝かしましょうと手伝っていただき、そのまますやすやと眠っていくのでした。お片づけの時までよく寝ていました。

またある時は、お子さんに、絵描きのところへ引っ張っていかれました。「一緒にお絵描きしましょうね、何を描こうかな」と言うと、ママも一緒に来て、クレヨンで何か描いていました。「これ何かな？」とママと私が言うと、笑って描いていました。「上手上手」と言うと、手を叩いて喜んでいました。

本当に、お子さんを見ていると無邪気というのか、個性が現れますね。一つのことで遊ぶのも長続きせず、次はボウリングをして遊びます。そうかと思うと、スベリ台で遊んだり……。お子さんは、会場内が広いから、思う存分走り回っていました。家と違う場所に来て、楽しいのでしょう。

時間が来れば、お片づけと言われます。そうすると、名前の書かれた箱におもちゃを入れようと、子ども達も一生懸命にお手伝いをしてくれます。そんな子ども達の元気な姿や笑顔を見ていますと、相手をするほうも元気をもらえるように思います。

さまざまな行事

私は途中から、ボランティアに入会させていただきまして、最初の行事を写真にて拝見しましたことなどを書いてみます。

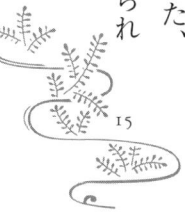

以前、消防車とかパトカーが来て、乗って記念写真に収められていました。また、遠足の日には近くの幼稚園へ行き、砂場を貸し切りにして遊び、記念写真に収められ

ていました。そんな楽しい日々のアルバムを見せていただくと、子ども達の顔が、楽しそうに写っていました。

朝九時に会場へ行きますと、たくさんの方が来ていました。「おはようございます」と言って入りますと、「上野さん、ポットにお湯を入れてお茶の用意を手伝って」と言われ、初めてお湯を入れに行きました。役員さんから、「お湯を入れる用意の仕方がわかりましたか?」と聞かれました。「はい、わかりました」と言うと、次々と教えてくださいますから、私は気が落ち着きます。

ある日のこと、「今日は幼稚園のバスが来ますから、整理券を渡す方とか、スリッパを並べる方などを決めてください」と言われました。バスが来たら、順番に、乗車券を係の方に渡してバスに乗ります。

バスは公園内を一周して、帰ってきました。ボランティアの皆さんも順番に乗せていただきましたが、座席が狭くて横向きになっていました。これも経験の一つで、よい思い出となりました。役員の皆さんも、いろいろと行事を組んで考えておられます。大変なことだと感心しました。あとは、時間のある限り、親子は楽しそうに遊んでおられました。いつもの通り、片づけをして音楽に合わせ、手足の運動をしてマットの片づけをして終わりでした。今日も楽しい思い出の一時を過ごしまして、遊具の消毒を済ませました。

私は、体調不良のためときどき休みまして、終了式も参加できませんでした。そんなある日、役員さんから、「上野さん、体大丈夫ですか？　そろそろ顔見せに来てくださいよ」とお電話をいただきました。

体調がよくなり、三月の終わり頃から参加しますと、役員さんが、「よく来てくれました、体大丈夫なの？」と、親切に言ってくださいました。あー来られてよかったと思いました。「皆さんのお顔が見られて、ホッとして嬉しかったです。長い間、お休みいただきましてすみませんでした」と皆さんに話しました。

また、いつもの通り子ども達と楽しくお遊びして、時間がくれば遊具の片づけをして、手足の運動なり遊具の消毒を済ませました。係の方から、「来週は四月初めのおじゃまる会の準備をします。八時五十分に集合お願いします」と言われました。

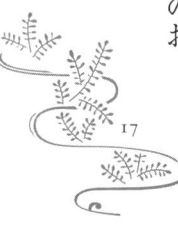

四月初めのおじゃまる会へ行きますと、会員さんはたくさん来ておられました。親子全部の方にお渡しする名札の整理、汚れた名札を拭き取り、きれいにして台紙を入れて、準備をしました。

役員さんは、証明手帳の準備をされ、それを当日に渡されます。

四月に入っても、とくに変わったことはありません。会員さんが来られたら、受付で証明手帳に住所と名前を書いていただき、一年間の入会費を五百円支払っていただきます。そして名札をつけて、証明手帳に貼る写真を係の方に撮っていただきまして、次回の時に手帳と一緒にお渡しくださいます。

あとは、これまでと同様にして遊んでいただき、時間がくればおもちゃのお片づけをします。ボランティアさんの紹介をしますと言われ前に並んで、順番に○○番町と名前を言って、よろしくお願いしますと言い、役員の方がマイクで一年間お世話になりますと言ってくださり、会場の皆さんは拍手をしてくださいました。私は、その時にやっと会員さんの仲間に入れたのだと実感し、嬉しかったです。

そして、どの親子も顔を見るなり、「お世話になります」と挨拶をしてくださいました。

お子さんのお相手をしている時には、ママ達は落ちついて楽しそうに話をしていますが、ときどきお子さんの様子を見に来られると、お子さんも嬉しそうです。

時間が来てお帰りになる時は、「また来週お会いしましょう」と言ってお別れしました。

次の日に、会員さんが集まっている時にそっと近づくと、同じ番町の方達ばかりで話していました。「私もそうよ」と言いますと、男性の方が、「俺も一緒やで」と言いました。「あーそうそう、御大を忘れていました」と私が言うと、笑いながら話が弾み、こんな具合での会員さんとの楽しいひとときでした。皆さんそれぞれの役割分担をして、準備オーケイとなるわけです。

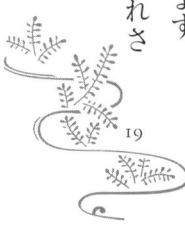

毎度同じことで、会場内の用事が済むと役員さんが、「来週は七夕の準備をします、八時五十分に集合」と言いました。皆さんは、「ハーイ」と返事をして、「お疲れさ

ま、ありがとうございました」と言って帰りました。

次の週は、準備だけです。別の会議室で、七夕の用意を役員さんがしてくださいました。

色紙で、ヤッコさん、スイカ、キリコ、茄子、胡瓜、折り鶴など、いろいろと作りました。あとは、細い荷造り紐を適当に切り、セロテープで留めて仕上げです。

係の方から、「まだ数がたりません、このまま続けてしていただけませんか。昼食の用意はします」と言われ、私は最後まで残って作ることにしました。

作っていると、係の方に、「コーヒーがきましたよ」と言われました。そして、コーヒーを飲み終えたところで、「お弁当買ってきましたよ、どうぞ食べてください」と言われたので、「ありがとうございます」と言ってお弁当をいただき、会話の中で色紙やコヨリのことなどを思い出しながらの昼食でした。

「ご馳走さまでした」と言って、食事の後、また続きの作業を済ませると、「お疲れさま。また来週お願いします」と言われました。

そういえば、こんな話もあります。仕上げの飾りを運ぶ時、エレベーターに乗ろうと言われた時に、何階ですかと聞き、「地下二階まで」と笑いながら言って、そんなのないと言い、会場へ行きました。なかなか楽しい語らいというか、笑い話でした。皆様との仲間に入れていただいてよかったです。役員さんが、「上野さん、どう、楽しいでしょう?」と気にして言ってくださいましたから、優しい言葉で嬉しかったです。

一週間過ぎてから会場へ行きますと、いつもの通り皆さんが来ていました。「おはようございます」と言って準備にかかりますと、係の方が、「この間はお疲れさまでした。今日もよろしくお願いします」と挨拶をして、いつもの通りにミーティングの時、七夕の不足分を作りますと言われ、数人で作る人と、親子さんが来られたらお相手をする人に分かれました。

係の方が、「上野さん。前に使っていた紐、全部使ったのかしら」と聞きにきました。その時に、「はい、使いました」と返事をしました。「あーそう、仕方がないね。

買ってくるわ」と言いました。終わったあとで、「やっと全部完成したわよ」と私に言ってくださいました。「お疲れさまでした」と言いました。

「あとは飾りつけ用の笹だけですね。これを当日は、会員さんがはさみで切り、一人ひとりに渡してください」と言われました。私は当日のことを思うとうきうきとして、楽しくなりました。まるで子どものようです。

七夕の当日は、飾りつけ用の笹を、親子用とボランティア用の合わせて六本、用意をしてくださいました。それを窓のところに立てかけて、親子が短冊に名前と願いごとを書き、ボランティアが準備された飾りつけ用の製品を、それぞれ笹につけていただきまして、楽しんでおられました。

その後はおもちゃで遊んで、時間が来れば片づけをして、飾りつけされた笹を一枝ずつ持って、お帰りになりました。

親子達も、今日の一時がよい思い出になったことでしょう。

親子達がお帰りになったあと、「上野さん、今日は受付のところを手伝って」と言われて、順番に名前を書いた容器に片づけていきました。ですが、ときどき、これはどこ、これはどこと確認しながら、楽しく片づけのお手伝いができました。

「お疲れさま、上野さん、今日は楽しかったね。おたがいにまた頑張ろうね」と言われて、「ありがとうございました」と挨拶をして帰ってきました。

地域の親子達との縁

ある日のスーパーでのこと。

子ども達が私の顔を見て、「あれ」と言うなり、「こんにちは、おじゃまるでお世話になっています」と言ってくださいました。私も子ども達の顔を見てすぐにわかりました。「では、次回にお会いしましょうね」と言ってお別れしました。

こうして声をかけていただくと、お世話するのが嬉しいです。

ボランティアに行きますと、子ども達が笑顔で遊んでいる姿を見て、おいでと言って手を出しますと、相手も手を出して来てくれるのが嬉しいです。

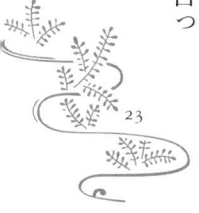

また、別の日のスーパーでのこと。

ショッピングカートをお子さんが持ってくれました。その両親が、にこにこしながらお子さんの仕草を見て、「邪魔をしたらあかんよ」と言われました。お子さんは、私の顔を見ては笑っていました。家族の和ってこんなに美しいのかなと、私の孫のような気分で、一時の楽しい夢を見させていただきました。ご両親さま、ありがとうございます。

さらに、別の日のスーパーでのこと。

スーパーで、可愛い坊やとの語らいがありました。「こんにちは、僕、風邪をひいたの？」と聞くと、そのお子さんは「うん」と言い、ママはにこにこして見ていました。「おばちゃん何を買うの？」と聞かれたので、「そうだね、お肉を買おうかな」と答えました。「それから、何を買うの」と聞かれ、「玉子とか、お野菜を買おうと思うの」と言うと、「フーン」と言いました。頭を撫でて、前髪を横に流して形を変え、

「女の子みたいね」と私が言うと、ママは嬉しそうにしているだけでした。「僕、体を大事にしてね、美味しいものを食べて早く元気になってね」と言うと、「おばちゃん、バイバイ」と何度も言ってくれました。お子さんの相手をしていますと、時間の経つのも忘れるぐらい楽しい語らいでした。散歩の時やスーパーで買い物をする時などにお子さんを見ると、相手にしたくなるのです。

スーパーでベビーカーに子どもを寝かせて、買い物されているお母さんをよく見かけます。学校休みの小学生達が賑やかにしていても、ベビーカーの子ども達はよく寝ていました。

子守り歌の代わりなのか、いやベビーカーのゆりかごかな、どんな夢を見ているのかなあー、楽しい夢かな、ちょっと覗いてみたいなあーなどと、思ってしまいます。お子さん、ゆっくりお休みくださいね……すやすやと……。

ある朝のこと、「おじゃまる」に行こうと思い家を出ようとすると、頭がふらついて行けなくなりました。公民館の受付へ電話でわけを話して、欠席のことを言いました。もし行っても、子ども達に迷惑をかけてはいけないと思いました。

その夜役員さんから、「どうしたの、大丈夫ですか？」と電話でご親切な言葉をいただき嬉しかったです。「ご心配いただきまして、ありがとうございます。来週は出席させていただきます。よろしくお願いします」とお礼を言いました。私もボランティアの一員として、頑張らなくてはと思いました。

病院では、こんなこともありました。前のボランティアでお世話になった方に病院でお会いして、おたがいに手を上げて頭を下げ、「お久し振りです、お元気でしたか？」と挨拶をして「今、別の仕事で忙しいのや」と言ってすぐ、お帰りになりました。

お会いできまして、懐かしかったです。


その方と同じボランティアで一緒だった方が、当地で現在補導員をされて、お母さん達と信号のない交差点で、小学生の通学時、見守られています。

ときどき、朝、その方に挨拶をして少しお話をしていますと、「この仕事しないか？」と言っていただきましたが、「もう年ですよ」と言いましたら、「何を言うてんの。俺は上野さんよりずっと年上やぜ」と言われました。ですが、「男の人は元気や」と言いますと、「それもそうやな。雨風の日も寒い雪降りもしなければならないしね」と言われました。やはり私は朝の時間は無理ですね。「今、『おじゃまる』に入っています」と言うと、「それはよいことや、頑張ってな」と言ってくださいました。

補導員さんは、小学校の下校時間に合わせて、校門の前で、小学生達を待っておられました。そのことを思うと、私はお引き受けしなくてよかったと思いました。

散歩の時に、信号のところへ行きますと、学校帰りの小学生が補導員の方と交差点で立ち止まっていた時、信号が変わってしまい、生徒さんだけが交差点を渡り、補導員の方は、また他の生徒さんのところへ行かれました。私もちょうど交差点を通りかかった時でしたので、小学生につきそいながらお話をしました。ランドセルを見ますと、黄色のカバーをつけた一年生だったのです。黄色のカバーは、一年生とわかるように目印にされているそうです。

当地は坂が多く、上まであがるのが大変です。でも生徒達は通い慣れた道ですし、足が速く、私は追いつくのがやっとのことでした。十人ほどの生徒は枝分かれするように順番に、「また明日」と言いながら帰っていきました。

生徒達と一緒に歩いていますと、出会う人達が笑顔で「こんにちは」と挨拶をしてくださいます。生徒達が帰る時に、「バイバイおばちゃん、明日も来るの？」と言ってくれました。

生徒達を見ていますと、「おじゃまる広場」の子ども達が、この生徒のように大きく育ってほしいと思いました。最後は私だけになり、帰り途中で中学生が、「こんにちは」とか「ただいま」と言葉をかけてくれました。私は、「お帰り、お疲れさま」と言って帰りました。

ある朝、このことを補導員の方にお話ししますと、笑いながら「大変だったね、これもいい勉強になりますよ」と言ってくださいました。

補導員さんも、「おじゃまる」以上に、生徒達の登下校の時は、何日もつきそっておられます。大変なお仕事で、忙しそうでした。

補導員の皆さんも、気候の変化に気をつけて、頑張ってください。私達も、「おじゃまる広場」の子ども達を見守りながら、成長を祈りつつ頑張ります。

「おじゃまる広場」でお世話になっています、民生委員の皆さんと会長さんをはじめ会員の皆さんには、体を大切にしてますます発展しますよう、心からお祈りいたします。

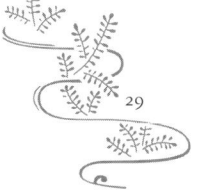

第二章

クラブのこと

OB会とクラブの内容

息子とご先祖様のお墓参りに行った帰り、両親と私がいろいろとお世話になった近所へ、お礼として私が書きました「自分史」の本ですと言って本をお渡ししました。するど、奥様が、「まあーよく書いたね」と言って、「田舎のものは、これぐらいや」と、お返しにお米を持って帰ってと言われ、いただいて帰りました。

数日後に、ご飯があまりにもおいしかったのでお礼の電話をしますと、「そう、よかった。明ちゃんが書かれた本は、ゲートボールの方々で回し読みした」とのことで、皆さんが口々に、「明ちゃんの両親が生きておられたら、この本を読んでお喜びになられたでしょう」と話してくださったそうです。私が家を出てからも年賀状を出してくださったが返送になったので、どうされたのだろうと思っていたと、奥様から言われました。友達が、「明ちゃん元気でよかった。本を書くようには見えなかったのに」と言われたとのこと。そして、「サークルと書いたのは、クラブのことやね。

よく書いたね」と言われ、私は嬉しくて涙が出ました。

また、○○さんが、「ＯＢの会」が復活したので、二年に一回のことですが、月日が決まれば連絡すると言われました。

一年ほどしてから、「ＯＢの会」の日取りが決まりましたと通知があり、手紙が送られてきましたので、出席にチェックをして出しました。

当地の方に、本二冊お渡ししますと電話で言いましたら、「全部読みましたよ。上手に書いたね、明ちゃん。一冊の終わりに書くことが何か抜けているのと違うのか、もう少し詳しく書いたらどうや」と教えていただきましたので、「ご親切にありがとうございます」とお礼を言いました。こうして本を読んだあとにアドバイスいただいて、本当に嬉しかったです。

四十五年ぶりに、「ＯＢの会」に、参加させていただきました。皆さんのお顔が思い出せませんでしたが、食事をしながら、自己紹介の時に、少しずつ名前だけは思い出しました。

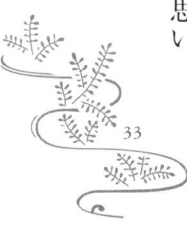

皆さんと会い、楽しく話せたことで、有意義な一時を過ごせました。また、記憶が取り戻せたような気持ちになりました。

時間が経つのは早く、すぐに終了の時間がやってきました。「来年、また、お会いしましょう」と言ってお別れしました。

ここで、そのクラブの内容について書きましょう。

それは、四十五年前のことです。

私は、京都市内より田舎に帰って、両親の手伝いをしていました。そこに、東部事務所の方がお見えになり、「農業クラブの青少年育成月間になっていますので、クラブに入会していただけませんか」と言われたのです。両親が、これも一つの勉強やと言って賛成してくれましたので、「入会させていただきます」と返事をしましたら、「では○月○日に公民館へ来てください」と言ってお帰りになりました。

指定の日に公民館へ行きますと、事務所の方とクラブ員男女十名で、農業クラブが発足しました。

最初に自己紹介をして、一年間の活動をいろいろと話し合ったあと、楽しく食事をして、解散しました。クラブ員と雑談ができて、初対面の方達でしたが楽しかったです。

クラブに入って、会場へ行くのに車の運転ができないから、自転車で通ってばかりでした。

ある方が、切り花作りをされているのを見せていただいたり、当クラブの栗園の清掃と接ぎ木などをしたり、また他のクラブ員との交流、話し合いなどもありました。

北部事務所の皆さんにお世話になり、クラブ員の圃場視察へ案内していただき、仕事を見せていただいている時に、「〇〇さんへ手紙を出したのは誰や」と言われ、「はい、私です」と返事をしました。それは、お世話になりますという手紙だったのですが、今、思えば下手な字で書いたなと、恥ずかしい限りです。

そのあとは「天橋立ユースホステル」に泊まり、夜明けに海へ出て魚釣りをしました。キスがたくさん獲れましたので、分け合って持って帰りましたら、母がびっくりしていました。

どのように料理したのかな？　から揚げ、それとも焼き魚にして食べたのかな？

こうして一つひとつ思い出を作らせてくださるのは、ありがたいことです。

クラブに入会させていただいたおかげで、大勢の方達にお会いできて私は幸せでした。


クラブでは、鳥取にも行かせてもらいました。砂浜を歩いていると、ギュッギュッと鳴って、気持ちよかったです。砂浜を歩きながら字を書いてきましたが、風に吹かれてすぐに消えたと思います。

それから、鳥取県庁に入り、食事をしていますと、お相撲さんが入ってこられたのでびっくりしました。「その席あいていますか？」と聞かれたので、「どうぞ」と言いますと、同じテーブルで食事をすることになりました。すごく体が大きいのでびっくりしました。今思えば、懐かしいことばかりです。

帰りの電車の中で、男性達は何かを飲んでいたので、何を飲んでいるのかと尋ねると、少し飲むかと言われました。飲んでみて、「これはウイスキーではないの？」と聞くと、「そうや」と言われましたが、どうにもなりませんでした。いや、少し体が熱くなったようでした。

皆さんと一緒に、無事、家に帰ることができました。それだけでもよかったと思います。楽しかったので、若い間にもう一度行って、よい思い出を作りたかったです。視察旅行でお世話になったことを、今でも感謝しています。

私が他のクラブ員さんに手紙を出したのがきっかけとなり、そのことで、全国大会に行く話になったようです。

事務所から、「上野さん、全国大会に出席してください」と言われましたので、両親に相談すると、「行ってきたらよい」と言ってくれました。ですので、事務所へ、「お世話になります」と返事をしましたがそれからが大変で、原稿を書かねばなりませんので、例会の時にクラブ員の皆さんと話し合いをして、私の題は「我が家の生活設計をどう進めていくか」に決めました。

家計簿をつけていましたので、牛、鳥、蚕のことなどを全部書いて、この原稿を何度も書き直したように思います。学生時代は、ろくに勉強もせず、字も書かなかった私ですから、入学試験のような感じで、パスしたのかな、どうかなと心配ばかりしていました。それと、もし行けるにしても、費用のことが気がかりでした。

あとから事務所より連絡があり、もし行けるのでしたら、費用は府庁が全額出してくださるとのことで気が楽になりましたが、私の頭では、とてもついていけそうもないと心配していました。


しばらくすると府庁より、○月○日に来てくださいと案内状が来ましたが、私は不安でした。

「四Hクラブ活動」の始まりです。これから一年間、行事のある時は連絡しますので、府庁まで来てください、とのことでした。

府庁へ行きますと、役員の皆さんから、「上野さん、東京へ行くのか」と言われましたが、私はどう返事をしたらよいのか戸惑いました。ですが、会議の場所まで歩いていると、○○さんが、親切にいろいろと教えてくださいましたので、少しは落ち着きました。

会議が始まる時に、府庁の主査さんが、私に自己紹介をと言われましたので、「○○クラブの上野です。よろしくお願いいたします」と挨拶しました。何しろ見たこともない役員さんと一緒に会議の説明を聞き、ふと私はなぜこの場所にいるのかと不思議に思いました。

役員さんと一緒に何をするのか、私に務まるだろうかと心配していましたが、皆さんは和やかに話をしてくださいました。帰る時に、「気をつけて東京へ行ってきてください」と送り出していただきましたので、ありがたく受け止めて帰ってきました。

全国大会について

全国大会について、少し書いてみます。

昭和四十一年二月二十二日～二十四日の三日間、東京の明治学院大学で行われました。東京へ行くのも初めて、いや中学校の修学旅行に、江の島と国会議事堂へ行きましたが、新幹線に乗るのも初めてでした。

東京までは三時間で行くよと言われ、新幹線に乗る駅まで、府庁関係の皆さんがお見送りに来てくださり、大変嬉しく思いました。ご丁寧に、本当にありがとうございました。

新幹線に乗ってから、発車して停車する度に、その時間をメモしました。早く着くのだなあ、と感心ばかりしていました。参加者は、男女六名と府庁の方達と一緒で、東京駅から青年会議所までバスで行きました。

会場へ着いてから、府庁の方に説明を聞いて、それぞれの分科会の部屋に入りました。そのあとで、担当者のお話があり、順番に自己紹介と議題の内容をお話しすることになりました。私は、「京都から来ました上野です。よろしくお願いします」と言いますと、「京都のどこから来られましたか?」と聞かれましたので、「市内から離れた田舎です」と答えました。それまで、皆さんは、京都といえば賑やかなところ、舞妓さんのいる町だと思っていたようです。

他にも、仕事のことや家計簿のことなどを担当者の方に聞かれましたので、私は父と一緒に仕事をしていますと、話しました。

「一人で大変ですから、一緒にできていいですね」と、優しく言っていただきました。一瞬どうなることかと思いましたが、安心しました。

他の皆さんは上手に説明されていましたので、私は恥ずかしかったです。初めてのことで、何を話したらいいのか、予め用意していくことをすっかり忘れていました。全国大会に行くということだけで、緊張していましたので……。

会議が終わったあとで、夜に府庁と東部事務所と両親に、無事着いたと電報を打ちましたら、そのことが他の方に知れて、上野さんに先にやられたと、ひやかされました。それと、田舎の知り合いの方が、東京で働いておられると家の方にお聞きしましたので、電話をすると会場まで来てくださいました。近くのお店でお茶を飲みながら、懐かしく話し合うことができ、楽しい思い出を作れたことを嬉しく思いました。

会場に帰りますと、また皆さんからひやかされ、私はどきどきしていました。

会議は二日間で、宿舎に入り、他のクラブ員さんと、「はじめまして」と言いながら話し合いましたが、何度もお会いしているような感じがしました。

最後の日、バスに乗り東京見物をしました。代々木のオリンピック選手村だった場所とNHK放送局の二階から放送されるセット部屋を見せていただき、ドラマの記者さんが集合されるデスクも、狭い部屋のように感じました。

それと天気予報の晴れ、雨、曇りマークも見せていただきましたが「グルッ」と手で回されたように感じました。今とまったく違いますね。

次に、ある会場で、「とんち教室」が公開されました。その時に、「ラジオでお馴染みの青木一男先生です、出席を取ります」と言われました。石黒ケイシチさん、コロムビア・ローズ二代目さんなどでしたが、皆さん楽しく笑いながら聞いておられました。ローズさんは、ピンク系の着物姿でした。青木先生が会場から誰かと言われた時、女性一人が「日本一の……豚のしっぽ」と言われたことなどがありました。

最後の日でもあり、会場で北海道の方が、踊りを披露してくださったことと、番号を書いたカードをいただき、ビンゴゲームがありましたがハズレでした。皆さんは、会場いっぱいにワイワイ言いながら、番号が当たるのを待ち望んでおられました。しばらくしてから、皆さん一人ひとりの原稿が本になったのを渡していただき、初めて原稿が活字になったと言って、手を叩いて大喜びしました。ただ、中を見るのはあとのお楽しみにしようと言って、お別れに、皆さん一人ひとりにサインをいただきました。「また、どこかでお会いしましょう」と言って、皆さんは別れを惜しむように会場を去っていきました。

一人の方が書いてくださったサインは、「風林火山」でした。今でも覚えています。本当に、懐かしい思い出となりました。

私が帰る前に、会場まで、田舎の知り合いの方がお土産を持って来てくださいましたので、私は嬉しくて涙が出ました。私はずっと泣き虫なのですね。

今でも忘れることはできません。でも、顔が思い出せないのです。

家に帰って、お二人のご両親に、息子様には大変お世話になりましたと、お礼を言い、お元気にしておられたことを話して、お土産を渡して帰ってきました。二人の息子様は元気かな？

今思えば、引っ込み思案の私がよく東京まで行ったなあと、いや行かせてくださったなと感謝していますと共に、厚くお礼申し上げます。

府庁と東部事務所へ、「帰ってきました、お世話になりました」と電話で報告とお礼を言いました。

何の役にも立たなかった私ですが、少しだけの思い出だけを抱いて、またよい経験をさせていただいたことに、ありがたみを感じています。

宿舎で話し合った他県のクラブ員の方から、活動振りの手紙や新聞を送っていただき、当クラブ例会の時に皆さんと話し合いをして、いろいろな活動の仕方があるのだなあーと、感心しました。私にとっては、嬉しい報告でした。

当クラブ例会の時に、東京での会議のことを話しましたところ、事務所の方に、「感想文を書いて提出してください」と言われました。悪い頭を捻りながら感想文を書いて事務所へ送りますと、当クラブ例会の時に感想文の話になり、これを町の有線放送に流してもらうようにと言われましたので、そんな、私にできるかなと、恥ずかしいやら悲しいやらで困ってしまいましたが、言われた通りに有線室へ行きました。友達にお世話になり、何度も繰り返しながら、テープに録音することができましたが、苦しかったです。

それを、朝と晩、五日間も有線放送で流してくださいました。最初は、私の声と違うように感じました。確かに、上野さんが東京へ行ってこられた報告を放送しますと言ってくださいましたが、でも、恥ずかしかったです。

クラブ員例会の時に、あれは誰の声だったのかな？　と話題になるような声でした。また、自転車でお使いする行き帰りの時に、子ども達が自転車ですれ違いに、「有線のお姉ちゃんこんにちは」と挨拶をしてくれました。地元の方や両親も、「明ちゃんの放送聞いたよ」と言ってくれましたので、皆さんは、私の声を聞いてくださっていたのだと思い、嬉しかったです。

当クラブ例会の時に、事務所の方が来られてテープを持って帰り、皆さんがお聞きになったそうです。あとで、「上手に話してくれましたね」と電話をいただきましたので、「ありがとうございます」とお礼を言いました。

しばらくすると、府庁から手紙が来ました。

何日に来るようにとのことでしたので行き、主査さんにお世話になったお礼と感想文のことをお話ししましたら、一年間、月一回のことですが、府庁へ来るように言われ、「副会長」として頑張るように話してくださいました。

ただ、私に何ができるのかと、一人で悩んでいました。皆さん立派な方達ばかりで、頭の悪い私をなぜ選んでくださったのか、東京へ一緒に行かれた方達は、皆さんしっかりなさっていたのにと、不思議に思いました。

前に行った会議室へ入りますと、役員さんが席に座っておられましたので、私は、「こんにちは。お世話になりますがよろしくお願いいたします」と挨拶しました。すると皆さんが、「お帰り。全国大会お疲れさま」と言ってくださいましたので、「ありがとうございます」とお礼を言いました。「来年度より、いたらぬ者が副会長としてお世話になりますが、よろしくお願いします」と挨拶しますと、皆さんもよろしくと言ってくださいました。

今日の議題は、年度末にある府の大会が、京都のあるお寺で行われることとなり、その日程が決められました。役員は一泊二日の予定で、クラブ員は一日でした。内容は、クラブ員の年間発表と意見交換、話し合いでした。

また詳しいことは手紙で連絡するとのことで、私は役員の皆さんとご一緒させていただき、話し合いに参加できてよかったです。

今日はこれで解散ですと言われ、帰りは皆さんバラバラで、私は市内電車と汽車とバスを乗り継いで帰りましたら、家に帰る頃には空が暗くなりました。でも、いくら暗くても、田舎道は慣れていましたので安心でした。

家で毎日する仕事は、両親と一緒に農業の手伝い。楽しい時や苦しい時などいろいろです。

地元のクラブに行ったり、家にいると友達に会えませんので、下級生の男子が有線電話で公民館まで来るように、集め役をしていました。また映画を観に行こうと言ってくださることもあり、結構楽しかったです。こんなことでは、まだ子どもみたいやなあーと笑いながらの毎日で、しばらくすると、府庁からの手紙が来ました。

集合場所と日時が書いてありましたが、そのお寺は、前に用事で行ったことのある場所で、よくわかりました。


当日、私は懐かしく、キョロキョロしながら昔のことも思い出し、いつ来てもいいところだなあ、と思い歩いていますと、前より少し変わっていました。

お寺へ着いて、山門の前で手を合わせてから、「おはようございます。遅くなりました」と挨拶をしました。私は何をするのも初めてなので、役員さんにお聞きしながら、資料の準備を手伝いましたが、最初はどうなるのかと心配していました。でも、皆さん親切な方ばかりだったので、冗談を言いながら、楽しくお手伝いをすることができました。

お寺の方から、役員の方が上野さんを呼んでおられるよと言われましたので、その時に、「上野さんと呼ばれるか、上野君と呼ばれるか、聞きわけんとダメよ」と皆さん笑いながら教えてくださったことを思い出しました。「いや、上野さんには優しいでしょうよ」と脅し半分の言われ方なので、どきどきしていましたが、行ってみるとたいしたことではありませんでした。

最初のうちは、このような感じでおつき合いをしているうちに、慣れてきました。

お寺の食事といえば精進料理です。これもまた懐かしく、主査さんが、「上野さん、これ何料理か知っているか」と聞かれました。「よく知っています、精進料理です」と答えますと、「なあんだ、知っているのか」と皆さんと大笑いをし、私は精進料理の準備に錦市場まで仕入れに行ったり、胡麻豆腐を和尚さんと一緒に作ったりしましたので、よい思い出となっています。

夜は、皆さん和気藹藹《わきあいあい》で、語り合いました。

明朝からは、クラブ員が何時に来られてもいいように、準備は着々と進みました。

でも、私は何をどうしたらよいのかと不安でしたが、役員さんが親切に教えてくれました。

皆さんが会場へ集まって来られましたので、各ブロックに並び、最初は会長の挨拶があり、次は担当者の指示に従って各クラブの発表と、ディスカッションに入りました。でも、私の頭ではついていけそうもないように感じました。未熟なゆえに、私のいる場所ではないと思いました。


会場の外にいますと、その時に、見たことがあるような方にお会いしました。その方は、他県の会員さんでした。この方から、「上野さんと聞いております」と言われ、私の名前をどこで聞かれたのかしらと、不思議に思いました。

私も少しは会場内でお話を聞いておかないと役目がないと思いましたので、およばずながらに参加しまして、その内に会議が終わりました。慣れない私でしたが、お役に立てたのかなと思いながら、皆さんと一緒にあと片づけをしてから次の会場へ移動しました。その会場では、クラブ活動の結果発表と前年度の役員さんから、感謝状の授与式がありました。最後に、クラブの歌を合唱して終わりました。

その後、解散をして、会員さんに駅まで送っていただいて帰りました。

これから少しは落ち着いて仕事ができると思っていましたが、しばらくして地元のクラブ例会があり、自転車で行きました。やはり地元のクラブ員の方とお話しするのも好きなことを言えますので、楽しかったです。また同じ在所の方が、「今日の帰り、ドライブに行こう」と誘ってくださいましたので、軽トラックの荷台に自転車を乗せていただいて、峠の桜並木を車でのろのろと走っていきました。また少し歩こうと言われたので、「歩くのも気持ちがいいね」と言っている間に時が経ち、家に帰るのが遅くなりましたが、桜の枝と切り花を少しだけ、お土産に持ち帰りました。

家に帰ると、母が外に出て待ってくれていたので、「○○さんと一緒に桜を見に行ってきたよ」と言って桜の木を渡しましたら、母も安心したようでした。

我が家に桜の花が咲かなかったのが、何十年振りに、牛乳ビンに一輪の花が咲きました。よい思い出を作ってくれました。本当にありがとう、と言いたい気持ちです。

嬉しかったよ、親切な気持ち、大切にするね。

活発になるクラブ活動

また一ヶ月が過ぎた頃に、地元のクラブに参加させていただきました時に、母校へ行きますと、先生が私に一冊の本を渡してくださいました。それは、『農業実業』というような名前の本だったと思います。

ページをめくっていると、東京へ行く時に出した原稿を活字として載せてくださっていた本でした。私は、あれ、と思って先生に、「これ私のことですね」と聞き直しましたら、プレゼントしますと言っていただきました。この本の記事を見て嬉しかったので、両親にも話しますと、喜んでくれました。

ある日、その記事を見て、まったく知らない方から手紙が届きました。それもまた、びっくりしました。

同じ農業をする者同士で、おたがいに頑張りましょうと、書いてありました。何もできない私ですが、勇気をいただいたように感じました。知らない方からの手紙も、心にしまっておきたいと思います。

府知事さんの選挙を間近にひかえて、地元の中学校で講演があるので聞きに来るようにと、事務所の所長さんから連絡があり、急いで自転車で行きました。大勢の方達が集まっておられたので、皆さんと一緒に聞かせていただきました。

最初は、地元町長さんのご挨拶があり、そのあとで、知事さんと京大の上田正昭先生と他の方達の講演でした。

知事さんの講演を聞かせていただいて、私は光栄に思いました。

所長さん、ありがとうございました。

地元クラブ例会の時に、「タケノコ」の農産加工実習を、学校の調理室を借りて行いました。料理を作って話し合いながら、楽しい食事会となりました。

府の役員会に出席して、次の事業計画を立てて、夏には丹後《たんご》間人《たいざ》での夏季大会と近畿地方農村青少年の集いなどを話し合いましたが、詳しいことは追って連絡するとのことでした。

役員さんに、府庁の食堂へ入って何か食べようと言われ一緒に行きますと、知り合いに出会いびっくりしました。相手もびっくりしていました。役員の皆さんは常に来ていますのでさっさと注文され、私も同じものを注文しました。いろいろと教えてくださるので、嬉しかったです。午後の打ち合わせを終了しました。


会議が終わったあとで、帰る前になってから、知事さんに会いにいこうと言っていただきました。私のような者がと思いましたが、知事さんも快く応対してくださったので、膝と膝をつき合わせて、役員さんと一緒に、楽しく話し合いができました。

知事さんと目の前でお話ができるとは夢にも思わなかったので、嬉しかったです。

議題には、農業をする若い人達や、女性の方が少ないという話も出ていました。

それと、ラジオ放送の録音でも、農業クラブの結果報告とか、もっと若い人達に入会していただくようにとの話し合いでした。

私はクラブに入っていればこそ、恵まれていたのだと思います。府の茶業課の皆さんの采配で、よい思い出を作っていただきました。

私は、京都からの帰り、汽車からバスに乗り換えて帰りますので、ときどき空が暗くなることがあります。

バスで帰る途中、雨降りになり、よけいに暗く感じました。バスの中で、車掌さんが、「次に降りる方どなたかいませんか?」と言われ、女性が「降ります」と言って降りました。「家は近くですか?」と聞かれ、「すぐ近くです」と聞いた運転手さんは、お客さんが家に着くまでライトで照らしていました。お客さんは頭を下げて、手を振っていました。バスの中のお客さんも、手を振っていました。運転手さん、車掌さんの温かさと、バスの中でも心温かい思いやりを感じました。私は今でもあの時を思い出します。

府より、夏季大会の連絡があり、丹後《たんご》間人《たいざ》で、二泊の予定で行われることになりました。

一日目、私は役員さんと一緒に、府のマイクロバスで、会場まで行きました。会場になるユースホステルに着いてから、関係者の方から、食事や宿泊のことについて説明を受けました。その後、部屋を確かめ、荷物を置き、皆さんと一緒に話し合いを持ってから、資料作りをしました。その後、夕食もセルフサービスで、楽しいお食事会となりました。

二日目に、会員さんが順番に来られた時、各ブロックの受付で、大会資料と地元の方が作られた「チューリップの球根」を手渡しました。その時に、東部地区の私の地元クラブ員の顔を見ると、嬉しくなりました。私の役目を忘れてしまい、有頂天になっていたことが、自分ながらに恥ずかしく思いました。情けなかったです。

会員の皆さんがお集まりになられた時に、会長さんの挨拶があり、そのあとで担当者の挨拶と今後の説明がありました。

会員の皆さんは、それぞれに圃場の見学をしたり、参加者全員がクイズに挑戦したりしていました。クイズで私は何も答えられなかったのですが、男性のグループの方が、私以上に女性向けのクイズもよく知っておられたので、私は恥ずかしくなりましたが、よい勉強になりました。

夜は、ユースホステルで楽しくお食事を済ませたあと、キャンプファイヤーが河原であり、たき火を囲み、全員で輪になり歌ったり、フォークダンスを踊ったりと、楽しい一時を過ごさせていただきました。よい思い出となりました。

三日目は、各クラブの経過報告とクイズの結果発表があり、その後、表彰式がありました。

これから閉会式が始まるので用意をするようにと言われていましたが、私は呑気にふらっとしていますと、ある方から、「君、副会長だろう。挨拶の言葉は考えたか?」と言われました。私はその役のことすら忘れていましたが、事務所の方が話す内容を紙に書いて渡してくださいました。「ありがとうございます、でも、私では無理ですよ」と言いながら紙を受け取りましたが、どうなることやらと思っていました。

それを見て、上手に話せるかと心配でどきどきしていますと、「これから閉会式を行いますので並んでください」と言われました。

本番では、最初のうちだけ字が読めましたが、あとになるほど、目の前がまっ暗になりそうでした。その時に○○さんが、「落ち着いて」と言って肩を押してくださいました。それから少し落ち着いてきましたが、最後に間違って、「開会の挨拶とさせていただきます」と言ったとのこと。会場の皆さんは大笑いされていましたが、私にはまったくわからなかったので、そんな恥ずかしいことばかりの大会でした。あとで役員さん達に、「君、これから何が始まるの？　もうごめんやで」と言われて、やっと気がついたくらいのマヌケの私でした。

閉会式の後、会員さんはそれぞれお帰りになり、私も帰りは最寄りの駅まで、府のマイクロバスに乗せていただいて帰りました。

家に帰ってから、思い出し笑いをしていました。楽しいやら恥ずかしいやらの三日間が無事過ぎ、府の夏季大会が終わりました。本当にありがとう……。

後日、府庁から〇月〇日に集合という手紙がきました。府大会の反省会と近畿大会の日取りの件でした。

家の仕事も落ち着く間もありませんでしたが、両親は何も言わず行かせてくれました。費用は全部私の懐から出しましたので、口出しはありません。ただ忙しいだけでした。

府庁へ行きますと、私はなんだか落ち着かない感じでした。というのは、閉会の挨拶を間違えたことで、何か言われそうだと思ったからです。

会議では、丹後間人《たんごたいざ》の反省会があったのと、大阪府農業クラブ会の日取りを決めました。府のマイクロバスで行きますので、集合時間に遅れないように、府庁まで来るようにとのことでした。


落ち着く間もなく、集いの日が来ました。近畿地方農村青少年の集いが、大阪府野外活動センターで行われましたので、参加しました。活動センターへの坂を登る時に出会ったグループが、歌いながら下りてこられました。

あの歌は、「ヤッホ　ヤッホホホ」という「山賊の歌」とあとでお聞きして、会場で山賊の歌の歌詞を一枚いただきまして、その時に、これは楽しそうな歌だなと思いました。

一日目、会場では会長さんの挨拶があり、自己紹介をしてテント村の説明を聞きました。テント村は、見れば見るほどに広く、私達の寝泊まりの場所はどこかなと言いながら探し求め部屋に入り荷物を置き、役員さんと合流して打ち合わせをしました。

ご一緒するのは初めてなので、私にこの大役が務まるだろうかと心細くて不安になりましたが、皆さんが親切に教えてくださるので助かりました。幹事さんと私達男女六人は別の行動となり、いただいた大会資料を元に、テント村を回って見てきました。

夕食の時間となり、皆さんは楽しそうにクラブのこと、仕事などの話をされ、毎日の仕事を頑張っておられるのだなと思いました。

私はとても皆さんのまねはできないと思いましたが、両親に甘えず、頑張ろうと思いました。

　女性が宿泊した部屋は二段ベッドで話をしながら、いつの間にか寝てしまいました。

　二日目は会員さんが来られますので、大会資料と記念品を渡す段取りの相談をしました。

　午後より会員さんが集まって来られ、県ごとにお並びになり、会長さんのご挨拶と幹事さんより、テント村の説明をされました。

　私が横を見ますと、「あれっ、上野さんではないの」と言われました。東京でご一緒だった方でしたので、お会いして懐かしかったです。同じ姓の方なので相手もびっくりされていましたが、ゆっくりとお話しする間もなく、バラバラの行動となりました。

　皆さんはそれぞれのグループ、班に分かれて、食事の準備をされていましたので、私と同じグループの方が、ひやかし半分で見て回りました。皆さん、楽しそうにされていました。

どの班もカレーを作っておられましたので、私もご一緒させてと言いたかったです。

でも、私は役員さんと一緒の行動となり、別のところで食事をしました。

三日目から、会員さんと一緒になり、体育協会の先生に体操の指導をしていただきました。両手を背中に回し、「片方の手は肩から、もう片方の手は下から結べたら長生きできる」と説明があり、皆さん一生懸命練習をされていました。

また、他の体操もいろいろと教えていただいたあとに、ラジオ体操をして終わり、解散となりました。

私が大会資料を見ながら歩き回っていましたら、「テント村ですから、夜は蚊が入ってきたので寝苦しかった」と言う方もおられました。

今日は最後の日でもあり、皆さん思い出を作るのに忙しいように思えました。サインを書いたり、記念写真を撮ったりしておられました。私と同じグループの方が旗を作り、ベトナムで被られる日よけ笠帽子を被り写真を撮っていただき、よい思い出を作っていただきまして、ありがとうございました。

二府四県の方と一緒だったので、楽しくさせていただいたことを大変嬉しく思っています。その時につけてくださったあだ名は、「カマキリ」でした。誰がそうつけてくださったのかしらと、怒りにもならず心の中で笑っていました。

でも、誰が私のことを言われたのかしら。たぶん全国大会に来ておられた方なのか、私はぼんやりとしているから誰かが悟っておられて、そうあだ名をつけられたのでしょう。

その時に、他県の会長さんにお会いして、お久し振りですと挨拶をしました。

私がグループの方と用事をしている間に、大会資料と記念品がなくなっていましたので、新しい大会資料と記念品をいただきました。その際幹事さんが、「君がなくしたのかいな」と笑いながら言われました。私はのんびり屋です。

会場内をトボトボと歩いていると、十名ほどの方から名刺をいただきました。「お疲れさま。またどこかでお会いする日まで、いやまたお会いしましょう」と言って、握手をしてくださいました。「ありがとうございます」と言って名刺を見ますと、それは事務所の方とか、クラブ員の方でした。でも、なぜ私にと信じられない気持ちでしたが、嬉しかったです。

毎日の仕事を一生懸命しているつもりですが、他府県の皆さんが話しておられた仕事振りを聞いて、自分で自分に頑張れと活を入れる私です。

二泊三日も夢のように終わりました。お世話になりました役員の皆さん、会員の皆さん、関係者の皆さん、本当にありがとうございました。感謝しています。

また、帰りも府のマイクロバスでした。

その後、汽車、バスを乗り継いで帰りました。

今、思えば懐かしい話のようでありますが、近畿大会から帰ってからしばらくすると、同じグループというか、役員の方から、上野さんお疲れさまでしたと書いた手紙が来ました。私も、ご親切にありがとうございます、いろいろとお世話になりましたと返信しました。

　ある日、地元のクラブ例会がありました。反省会という名目で集まり、どの会合も楽しいね、近畿大会ではお疲れさまと言いながらの話し合いでした。

　農業をしながらの月一回の会議も、私にとっては張り合いのあることで、苦にもなりません。そう言っているうちに、府庁から大会の反省会の件で手紙が来ました。

　反省会の会議に行きますと、ある方が、「上野さんは『カマキリ』というあだ名をつけてもらっていたよ」と、皆さんの前で言っておられました。皆さん、クスクスと笑っておられました。

　今回の大会は、二府四県の農業クラブの集いだから、いろいろと仕事の話も出ていましたので、参考になったと思います。

　私もいろいろとクラブの集いや大会に参加させていただきましたが、皆さんのように活発な知恵を持った人間になれたらいいのになあーと思います。自分の引っ込み思案を考えることもあり、でも、心の中では弱気を捨てようと、気持ちを落ち着かせているのです。

どうこうと考えこんでいますと、府庁から、府の大会の件で話し合いをしますと手紙が来ましたので行きました。

昨年度と同じお寺で、一泊二日のスケジュールで行われることになりましたので、昨年度と同じ時間に集合ということになりました。

慣れた道ですから、駅から歩いていきまして、お寺の前で手を合わせて、また来ました。お世話になりますと頭を下げました。そして会場へ行きますと、府庁の方や役員の方が早く来て準備をされていましたので、私は遅くなりましたと言って、皆様のお手伝いをしました。

以前と同じ内容で、会員さんに渡す資料の準備をしていましても、一年間おつき合いさせていただいた方、役員さん達ですから、楽しく話し合いながら用事ができました。

私も初めてと違い、内容もわかっていますので、楽な気持ちでのぞむことができました。また夕食の時も、皆さんと和やかな一時を過ごしました。

二日目は、会員さんが集まってこられて、各クラブごとに並んでいただきました。全員が来られ、会議が始まり、最初に会長の挨拶と担当者の説明があり、その後は各クラブ員による一年間の事業報告、会員さんとの話し合いがもたれまして、次の会場へ移動となりました。

役員さんはあと片づけをして、役員さんの車で行きました。会場では、前年度の役員さんから、感謝状の授与式があり、その後、クラブの歌を合唱して終わり解散でした。私は府庁まで役員さんに送っていただいて、帰ってきました。

両親の仕事をあまり手伝うことができなかったので、「悪かったね、もうこれからは落ち着いてお手伝いするからね」と言いました。すると、父は、「少し勉強になったか？　無理をしないで仕事をしてくれたらよい」と言ってくれましたので、私も気持ちが楽になりました。

府庁から、〇月〇日にクラブ員、ブロックごとの会議が〇〇事務所でありますので、出席してくださいとの連絡がありました。

私は時間より少しだけ早く出て、近所を散歩してから会議へ行きました。その日は頭がボーッとしていましたから落ち着かなかったのですが、抜けることもできず、我慢をして席に着きました。

皆さんがお集まりになっている時に、私はなぜここにいるのかと、不思議というか、錯覚を起こしました。資料の議題を見ますと、この一年間の反省点と今後の活動をどのように進めていくかということと、私は副会長という大役をお預かりしましたが、府主査さんをはじめ役員さんや会員の皆さんには、足手まといになったのではないかと、心よりお詫びします。私もここで、ホッとした気分で心が動揺していましたので、会議中は大変ご迷惑をおかけしましたことをお許しください。

会議も終わり、帰りには同じクラブ員の車でしたが、途中でクラブ員から、「俺の母校を案内しようか」と言われました。私の態度がいつもと違っていたので、慰めのために言ってくださったのだと思います。校舎を回っている間に、私も少しは落ち着いてきました。親切に気を遣ってくださって嬉しかったです。中学校は同じだったのですが、高校は別の人だったから、案内してくださったのだと思います。帰りは、家まで送ってくださいました。親切にしてくださってありがとう。四十五年経っても、このことは頭の奥に残っています。

私はクラブに入会させていただいて、たくさんの方達にお会いして、いろいろと勉強させていただきましたこと、大変に嬉しく思っています。おかげさまで、本日まで少しのことでも忘れず、本当に懐かしゅうございました。クラブの会でお世話になった皆さん、ありがとう。厚くお礼申し上げます。今後お会いしました時には、よろしくおつき合いくださいますよう、お願いします。

「ＯＢの会」の復活、おめでとうございます。

ＯＢの会が、いつまでも長く続きますことを心からお祈りします。

第二章

旅の思い出

岐阜・静岡・滋賀の旅

日本三名泉の一つ、下呂温泉がある、下呂温泉ホテルくさかべアルメリアへ、ランチバイキングと展望露天風呂の旅に行ってきました。

夏に行った時は、お土産物屋さんと、ダンツウとマット、絨毯の展示場へ見学に行きました。いろいろと模様があり、高そうな品物でした。

実家にいる時に、絨毯を織った輪ができたところを切り揃える大変な仕事の内職をしていたこともあり、懐かしく見させていただきました。

その後は、自由行動の時間があり、街並みを見ていましたが、田舎町といったところでした。坂を上ったり、下ったりして散策をしていますと、郵便局が目につきましたので、私は「ごめんやす」と言って局の中へ入りますと、びっくりされました。他の皆さんも笑っておられました。記念のはがきを買いスタンプを押して局を出ますと、暑くなってきましたし、アイスクリームを買いました。

よほど暑いためか、他の方達も買って、食べておられました。行儀が悪いとは思いましたが、歩きながら食べました。田舎だったら、うるさいだろうなあーと思いましたが、でも旅先だからいいやと独りごとを言いながら食べました。これも旅の思い出の一コマでした。

やはり旅行はいいなあー。誰に気がねすることなく、のびのびと胸を張って楽しめます。誰一人として知り合いもなく、スーパーで旅行の申し込み用紙をいただいて出したのが、当たりました。私は嬉しくて、すぐに当選について返信用のはがきを出しますと、確認の電話をいただき、「料金は当日バスに乗る前に集金させていただきます」と言われました。

それで、バスの座席は申込順で、一番前に座り、横は番町違いの方でしたが、おたがいに親しくなり、話ができました。

「次回もお会いできたら、よろしくね」と言いながら、バスは駅に着き、運転手さん、ガイドさん、添乗員さんが、「ありがとうございました。気をつけてお帰りください」と丁寧に言ってくださいました。「お世話になりました」と言い帰ってきました。

息子に、「おおきに、楽しかったよ」と話をして、お土産を渡しました。

秋にも、下呂温泉ホテルへ行きました。昼食はバイキングで、皆さんと一緒の食事で楽しく話をしながら、「あー、来てよかった」と私が言うと、皆さんも、「お友達になれてよかったね、また来ようね」と言われました。食事をして、露天風呂の入浴で気持ちがいいねと、話しながらの楽しい時間でした。

私は、田舎から出てきたことすら忘れて、何の屈託もないように、心も晴れ晴れとしていました。

売店でお土産を買い、時間待ちをしていますと、集合の時間となりました。皆さんもお土産を持って集まってこられ、昼食のことやお風呂のことなどを口々に話しながら、バスに乗りました。

次に行くところは、衣類のお店で、高級品の冬物が展示されていました。装飾品も陳列されていました。買っておられる方もいましたが、私にはとても手の届かない品物で、何ヶ月ローンと言っておられ、私のような年金生活者には無理な話でした。それからお土産物屋へ行き、また増えたと言いながら、バスの中では皆さん意気投合して、お土産を分け合って食べておられました。楽しい日帰り旅行でした。

運転手さん、ガイドさん、添乗員さんも楽しく話し合い、一家のバス旅行のような雰囲気の中、私は、「おやかましさんでした」と言いながら、別れを惜しみバスを降りました。その時に運転手さんは、クラクションを鳴らし、ガイドさん、添乗員さんもドアを開けて、「さようなら」と見えなくなるまで手を振ってくださいました。親切な乗務員さんだったなあーと、今でも覚えています。

秋には、静岡の聖地久能山、国宝久能山東照宮へ、ツアーのバス旅行に参加しました。

静岡は、私が住んでいる場所から、日帰りにしては遠かったです。

港に着きフェリーに乗りますと、ガイドさんがいろいろと案内してくださいまして、「今日は薄曇りで富士山を見ることができません、申し訳ございません」と謝っておられました。皆さんもガッカリしておられました。日帰りでは無理だったなと思いました。

港を離れて、バスでこれから久能山へ向かいます。ロープウェイに乗っていき、ここからは自由行動です。○○時に集合と言われましたが、たくさんの人達がいて、迷子にならないように、バスで一緒だった方と話しながら、駅から国宝久能山東照宮へ石段を登りました。一番高いところに、神廟「家康公のお墓所」がありました。

石段を登る時に、お参りしながら行きました。家康公が乗っていました馬のお骨が葬ってあるところがあり、その他いろいろと祀られていましたが、石段を下りるのも大変でした。いや、これも家康公のご利益かもしれないと思い、手を合わせながらのことでした。

帰りは自由にロープウェイに乗り、駅に着いて、昼食をするところへ行きました。食事は各自でということで、買ってバスの中で食べていますと、皆さんここで食べているのと、言われました。時間の都合で一番よい考えと思ったのですが、皆さんも同じでした。

帰りにお土産屋さんに寄っていただきました時に、「バスが渋滞すると思う。今日中には帰りたい」と運転手さんが電話連絡をしておられました。

運転手さんは二人で、交替にバスを走らせてくださいました。時間を気にしながらの運転手さんも大変だなあ……と思いました。

また、もう一つの予定に入っている海産物、土産物店へ寄っていただき、買い物をしてバスに乗ると、皆さんは、お弁当を食べておられました。私が思うのには、皆さんのお腹はどうなっているのか、よく入るなあと不思議に思いました。帰るまでに何回か休憩してもらって、気を遣っていただき、本当にありがとうと言いたかったです。

帰り順番に停車して、お客様を見送りしながらのことで、私が駅で降りますと、もう家まで帰るバスはありませんでした。

「ありがとうございました。気をつけて帰ってよ」と言っていただき、私は、「今日中にお帰りくださいね。おおきに」と言ってバスを見送りました。駅は真っ暗で、タクシーだけが停まっていました。「お願いします」と言ってタクシーで帰る途中に、運転手さんが、「お客さん、あの三日月さんを見てくださいよ」と言ってくださいました。

見ますと、あんな三日月さん見たことないねと話しながら、家路に就きました。

「ありがとう。助かりました」と言って降りました。

ビアンカでの琵琶湖クルーズと比叡山さくらまつり、びわ湖バレイの日帰り旅行に行ってきました。

その日は寒くて、琵琶湖に着きましたのが集合時間よりも一時間も早く、休憩所に入り、お土産屋さんの中でうろうろと見て歩きました。待っている間も寒くて困りましたが、皆さんも同じことを言っておられました。

「お客さんが一人で来たの」と言われ、「ハイ」と言いました。誰一人として知っている方はいませんでした。

集合時間、バスが一緒の方にお世話になり、集まってこられて、旗を持った案内の方達は、皆同じ系列の方でした。大阪、神戸、奈良、三重、姫路などで、他はわかりませんでした。

琵琶湖クルーズでは、案内係の方に従って、順番に船に乗りました。ですが、寒くて、船に乗っても椅子に座っているだけで動くこともできなかったのですが、次第に暖かさも戻りました。

次はバスに乗り、琵琶湖バレイまで行き、大型ロープウェイに乗って、山上へ登り、バイキングの昼食をすませました。

標高千百メートルからの眺望で、高いところなので、途中で耳がビーンとしました。ツアーの他のお客さんも、同じことを言っておられました。

その後は、奥比叡ドライブウェイへ行きました。

車窓より桜を観賞して、延暦寺で参拝された方もいましたが、私は売店で休憩していました。時間がきて、比叡山ドライブウェイを下ってから、お土産物屋さんで買い物をして、各地へと帰っていきました。

運転手さんと添乗員さんの話を聞いていますと、「今日は思ったよりスムーズに車が走れましたね」と嬉しそうに話しておられました。本当に予定より一時間早く帰ってこられました。駅に到着して、「お世話になり、ありがとうございました」と言うと、「またよろしくお願いします」と言ってくださって、「おおきに」と言って帰ってきました。楽しい旅でした。これで念願が叶ったと嬉しく、よい思い出となりました。

第四章

花と温かい人達

近所の人達との会話

花は花でも、雑草の花も、咲けば美しいものです。名前もわからずに見とどけることがあり、細かい草がたくさん芽を出しています。

朝、洗濯物を干している時、我が家はバス停の前ですし、バスを乗り降りされる方が、庭を見ながら何か話しています。よく草が伸びていますので、それでかな？　と思っている時、何げなく私が門まで行きますと、ちょうど、その時にバスが停まりました。降りてこられたお客さんが、「この花、珍しくてきれいですね」と言われ、私が、「アロエの花です」と言いましたら、「アロエに花が咲くんや」と言われて、「もうすぐ終わりですね。また、来年花が咲いたら、ゆっくりと見せてもらうわ」と言ってお帰りになられました。

アロエは、当市に来た時にいただいて八年になりますが、家を替わる度に植え替えていました。ですが、雪に押されて、一本の木が三つまたの枝になり、三本の花が咲きました。花が咲くとは聞いていましたが、横から芽が出て、花が咲いて、美しくきれいやと思いました。

息子も見たことのない花を、「あれ何や？」と不思議そうに言いました。私があるお店でいただいたお花やと話しました。本当に変わった花で、私は皆さんに見ていただいて、アロエの気持ちになって、幸せに思います。

それから雑草を少しずつ引き抜き始めましたが、次から次へと芽が出て、すみれ、たんぽぽ、ジュウヤク、ユリなどですが、雨のあと晴れたら、庭にたくさんのおしろい花やスギナが次々と芽を出し、こんなに芽を出すとは思いませんでした。息子もびっくりしていました。

なんとか少しずつ草を抜いていますが、すぐに草は生えてくるため、まるでおっかけをしているようです。

少し散歩しようと歩いていた時のことを思い出しました。近所に、花の手入れをして、水やりをされている方がおられました。「毎日暑いですね、これはイチゴの苗です。プランターに植えて、孫が来たら喜ぶと思い作っています」と言われました。

「見てくださいよ」と快く言ってくださり、いろいろな花を見せていただきました。

お水は天からのもらい水ですと言って、大きなプラスチックの容器に雨水をためておられて、たまらない時には、水道の水をやります、その分は助かりますと言われました。

私は、「手を止めさせてすみません。ありがとうございました。頑張ってください」と言って、また歩き始めました。

でも、私は毎日散歩ができませんから、気が向いたらといった感じです。


途中でお会いした方が知り合いで、こんにちはと言いながら歩いていますと、おたがいに暑いですねと声をかけ合いました。その方は、犬の散歩をされていました。

また別の道を歩いていますと、いつもお会いする方が、「今、変な声が聞こえなかった?」と言われ、「あれは狐の鳴き声ですね」と話しながら歩いていますと、雨が降ってきました。これで失礼しますと言って別れてから、これは「狐の嫁入り」と思い油断していますと、本降りになってきました。

水路も水かさが増してきました。途中、ガレージで雨宿りをさせていただきました。水路の水かさで、思い出しました。

当地で、二十七年ほど前に、低学年のお子さんが、幅の広いU字溝で遊んでいて、流されてお亡くなりになったことがありました。それからは、U字溝にストッパーをつけられたと、お聞きしました。

「夕立といって軽く思ってはいけない」と、その時に思い知らされました。

当地は急な坂が多く、水の勢いが速く、水量も多くて危険なのです。

歩いている時に夕立に遭ったのがその日だけで、それからは歩いていても雨も降らず暑いばかりで、どの家庭も花や野菜に水やりをされていました。

「こんにちは、暑いですね」と挨拶をしながら歩いていますと、「きれいな花ですよ」と門を開けていただいて、「見てちょうだい、これは一年草です。種を蒔いて作っています」と言ってくださいました。

私に親切に話してくださり、嬉しかったです。

散歩をしている時に、庭木の剪定をされていた方に、「バス停の前の方ですね」と言われました。「はい、そうです。こんにちは。剪定大変ですね。草もよく伸びますしね」と話していると、「お宅はきれいにしておられますや」と言われて、「いいえ、前に住んでおられた方もきれいにしておられたそうですね？」と尋ねました。「そうなの。あの方はね、ホームセンターのお仕事で、いろいろなお花を買ってきて植えておられましたわ」と話してくださいました。

私は、「裏庭に名前も知らない花が、たくさん咲きました」と言い、「そうそう、ユリの花が一本から八つも咲きました、でも散るのも早いですね」などといろいろと話をしました。親切な方でした。

この土地に来た当初は、散歩した時や買い物の行き帰りには、あまり人様とゆっくりお話しすることはありませんでした。ですが、今は時季的なのか、「こんにちは」とか「暑いですね」などと挨拶をします。犬の散歩をしている方が「道路が焼けていて、暑さがこたえるのや」と、話をしてくださいました。お会いする方々にいろいろとお話が聞けていいなあーと、思いました。

また、少し歩いていますと、「こんにちは」と顔を見るなり、「アレ」と言って、知り合いでした。「あなたのお家はここですか」と話をしました。こうして話し合える方が増えていくのが、楽しみです。

歩いていると、花とか庭木に水やりをされている方が多いです。

そうしたいろいろなことを思いながら、草を抜いて、時には散歩をしようと思っていると、雷が鳴り、雨降りになりました。あーまた雨やと、思いました。前からよく、「夕立三日」と聞くことがあります。でも、明日あたりには、晴れると信じています。

こんなことを考えている間に、雑草は悠悠と大きくなり、恵みの雨をもらって野菜を作っておられる方もお喜びでしょうね。いや、花や庭木の世話をしておられる皆さんも、一時でも水やりをしなくていいですね。体を落ち着かせておられることと思います。

バスと坂が結ぶ交流

朝、停留所でバスを待っておられるお客様が、「おはようございます。いい雨でしたね。このお花きれいですね」と言われ、「紫の花一輪ですが、名前がわかりません」と言いました。また、「シソの葉がたくさん大きくなり、おしろい花も一面に芽が出たね」と、言ってくださいました。「熱中症にならないように少し間引きしてくださいよ。それに、シソの葉を私は毎日食べています。血液がさらさらときれいになるそうよ」と、教えてくださいました。私も「毎日食べていますよ」と話していますとバスが来ました。「気をつけていってらっしゃい」とお別れしました。

皆さんが、私に声をかけてくださいます。気持ちのよい一日になりそうと、心がやわらぐような優しさを感じました。

当地は坂が多いです。カギの手に歩いていました。いつも通る場所に来ますと、庭木の剪定をされているご夫婦がおられました。

「たくさんお花を作っておられますね、この花きれいですね。歩いていますと、どのお家もお花を作っておられて朱色の花が咲きますが、散ったあとが大変ですね」と言いました。

「私も借家に住んでいた時に作っていてよくわかります。花が終わると、アリとイモ虫のような幼虫が葉っぱを全部食べて、幼虫が大きくなると冬ごもりのため、軟らかい土の中に潜っていきます」などとお話をしますと、「そうです。本当にびっくりしますよ」と言われました。「でも、この花が一番目につきますね」と言いますと、「そうですね」と言われました。

いろいろなお花を植えておられました。花の名前を教えていただきましたが、忘れてしまいました。そして犬を飼っておられ、「ワンチャンのお名前は」と聞きますと、「マロンですよ」と言われ、「エッ、メロンと違ってマロンですか?」と聞き直しますと、「そうです、マロンです」とのお返事。私は、アイスクリームとスイーツのことを思い出して、「美味しそうな名前ですね」と言うと、ご夫婦と一緒に大笑いをしました。

犬も、私の声と顔を覚えたでしょうから、もう吠えることはないでしょう。

ご夫婦が言うには、「前は犬を外で飼っていましたが、よく吠えました。近所から苦情の電話があり、大変ご迷惑をかけましたが、その犬も年老いて病気で亡くなってから、今の犬を用心のために飼っています。また、この前を通られたら声をかけてやってください」と言っていただきました。

親切なご夫婦の話を聞かせていただき、「手を止めさせてすみません」と言って帰ろうとすると、フナメ色をした木イチゴをいただきまして、食べますと甘酸っぱくて美味しかったです。ちょうど喉が渇いていましたし、嬉しかったです。

帰る途中の家で、花の中に男性の姿が見えました。男性が花の世話をされているのかなあ……と思ってお話をしますと、「これは奥さんの趣味です。俺は食後の煙草を吸うための喫煙所として庭に出ています」と言われ、ご主人が「アレ」と指を差して教えてくださった方向を見ますと、近所のベランダでも、その場所が喫煙所で男性が寛いでおられました。私が帰ろうとすると、「歩いているとたくさんの花が見られますね」と言われました。私は、「そうですね。いろいろな花が目につきます。ご主人、すみません長居しました」と言うと、「気をつけてお帰りください」と言ってくださいました。親切な方だったと、嬉しく感じました。

別の日の午後、だいたいいつもと同じ散歩の時間になり、少しずつ歩いていますと、よくお会いする方を見て手を上げて、こんにちはと挨拶をしました。相手は下から上へと歩いておられ、私は上から下へと歩いてきまして、「ではまた、お会いしましょう」と言ってお別れしました。

公園まで行きますと、親子でキャッチボールをされて、車に道具を積んでおられました。「こんにちは、毎日暑いですね」と言いますと、「いつまでも暑いですね」と言われ、お子さんも「こんにちは」と挨拶をしてくれました。私も、「こんにちは、お疲れさま」と言いますと、「ありがとうございます」と言ってくださいました。

優しい丁寧な親子に出会って、嬉しかったです。帰りに車で坂を上がってこられて、会釈をしてお帰りになりまして、私も会釈をしました。礼儀正しい方と思いました。

また坂を上がっていますと、近所の方に会いました。「暑いですねという挨拶しかできませんね」と話し、「服装も軽装で、タフな服でないとたまりませんわ」と言われ、そうですね。「タフが一番いいですね」と笑いながら話し、「おたがいにいつまでも若くはないのだから、自分の体を養っていきましょう」と言って別れました。本当にその通りだわと思いました。

スーパーへ買い物に行く途中で、犬の散歩をされている方にお会いしました、というより、お帰りになる道でした。犬は、「ハアーハアー」言いながら歩いていました。「お疲れさま、お家はもうすぐよ。頑張って」と言うと、飼い主さんも笑いながら、「失礼します」と言ってお帰りになりました。

その後歩いていますと、ある男性が、「こんにちは、いつまでも暑いですね、同じ番町の○○ですが、お宅とは何度もお目にかかっていますよ」と言われました。私の家はバス停の前だからよくお会いしています。この方は、我が家の向かい側のお家でした。

「番町掃除の時にもお会いしていますから、よく覚えています」と言いながら、私は買い物で、男性は散歩ですと言って別れました。

当地に長年お住まいの方なのかな？　親切というか、穏やかな話し方をされていまして、優しい方とお話ができてよかったです。

一人でも多くの方とお会いして、話し方の勉強や方言なども聞かせていただけたら、私も心の励みになると思います。

当地は、全国各地から人が集まっておられて、いろいろな話し言葉は、優しく聞こえます。

ある方が、「お宅は当地に来られて年が浅く、何事も気にせず、自分という人間を貫いてください」と元気づけてくださいました。本当にそうだと思います。長年当地に住んでおられる方達とは、少し話のずれがありそうだと思っていたからです。やはり言葉、方言というのは、難しいことのようでございます。

これからは、息子と力を合わせて頑張ります。


私はいつも親切なバスの運転手さんに感謝しています。

いつかは忘れましたが、買い物からバスで帰る時間になった時のことです。女子学生さんだったと思いますが、運転手さんに「○○駅まで行きますか」と尋ねておられました。ですが、運転手さんは、「そこには行きませんが、このバスに乗り、途中で降りてください」と言われました。

聞いているお客様もよかったね、と口々に言っておられました。

当地まで帰ってきた最初の停留所で、運転手さんが、「お客さん、ここで降りて右のバス停でお待ちください」と言っておられました。あとで運転手さんが、「今降りてよい方法だったね」とお客さん達に話しかけられました。

皆さんも「よかった」と言われ、私も、「三分ほど待っておられたら乗り換えのバスが来ると思います。この時間にたびたび乗ったことがあります」と話しました。

親切な運転手さん、どうもありがとうございました。

第五章

ささやかな幸せ

私と息子

少しずつ、庭の草引きをせねばとは思っているのですが、この暑さには困ります。草を見ると、「花と咲くより、踏まれて生きる、草の心が身にしみる」というある歌の一節を思い出します。この歌を口ずさみながら、草引きをしています。

私は八年前、「美しい花だなあー」と思っては、プラスチックの容器に入れてきました。三回目の引っ越しで、やっと花も落ち着いて、根を下ろしたことでしょう。より寒いところへと身も心もこたえる場所、当地にたどりつき、落ち着いたのです。そして、踏まれても芽が出て、黄色の花が咲く強いたんぽぽを見ていました。たんぽぽの白いふわっとした綿のような花となり、種となって、身も心も軽くどこかへ私も一緒に飛んでいきたいという気持ちになりました。風と共に、ふわりふわり、花の妖精のような気分で……気持ちがいいだろうなあ。いや風に吹かれてまた、舞い戻るかな、居ごこちのいい場所ですし。いや夢を見ているのかな？　などと、思っていました。これは、私が田舎にいた時の気持ちと一緒です。

そういえば、「遠くへ行きたい」という歌について、歌手本人に聞いたことがありました。その時に、「どこか遠くへ」と思ったこともありましたが、「遠くってどこでしょう?」と、わからないままで、田舎より少し離れた、当地にやってきました。

ここが、遠くなのかな? と、まだどこか迷いがあるようなフワッとした感じがしていました。ですが、決めよう……ここで腰をおろして、根をつけようかな、大きな根を……。たんぽぽと同じような大きな大きな根を、下ろすことにしましょう……「どっこいしょっ」と決めたのです。そんなことを思い出していました。

踏まれても、踏まれても、丈夫できれいな花となり、楽しませてくれる花……一年中咲いて、見守っていてくださいよ、たんぽぽさん。そう、心の中でつぶやきました。


寒い寒いと言うかと思えば、また暑い暑い夏が続きます。

私も、散歩の時間がくれば、出かけます。路地が焼けついて暑くても、体のため、我慢です。肥満にならないように、いや肥満の一歩手前ですから頑張れと言われているみたいで、うんと汗を流しておいでと、誰かに背中を押されているような感覚です。

そう思いながら歩いていると、夕焼け雲が赤々と照らし、窓ガラスに反射して、口には言えない美しい夕映えでした。本当に、歩いてみて、感動しました。

前にも誰かさんが、「当地へ来たら迷わずに、腰をすえて頑張るように」と言ってくださいました。

そうして毎日いろいろなことがある中で、お昼頃、バスを降りて帰ってこられたお客さんが、こんにちは、今日は暑いのかなあー、少し風があって体が楽なのかな、と話しかけてくださり、私は嬉しかったです。「お帰りやす、お疲れさま」と言いますと、相手も「ありがとう」と言って、お帰りになりました。こうして優しく話し合える皆さんと共に、気持ちを楽にして、暮らしていくことにしようと決心しました。

いや今は、こんな呑気なことを言っている場合ではないのに、私は何を考えているのかな？　私にとっては「一番大切な事」を忘れている……早く仕上げなければならないのにと、本当に動きがにぶい私ですから、自分ながらに呆れています。やはり頭の回転が悪いのでしょうね、「神様助けてください」と、「神」におすがりする私です。毎日、暑い中、節電節電と言われているのに、テレビを見たり、クーラーをつけて涼しい気持ちになったりしている私がいました。でも、病気になるよりもそのほうがよいと息子に言われて、私も体の落ち着きを取り戻そうと、一生懸命になりました。しかし、私は息子に、申し訳なく思っております。

私がいると落ち着けないだろうと息子に言うと、「おかあーが家にいてくれるので助かる、安心して仕事に行ける」と言ってくれました。

それに、今、息子が当地近所十七戸の「お世話役」を受け持っています。ときどき、私が資料の配布に回りますから、助けてくれて嬉しいと、言っていました。「厄介者」と言わず、反対に喜んで話をしてくれますから、気が楽になりました。

たまには外へ出て、運動をするようにと、言ってくれます。

私が息子の代わりに資料配布に回っていますと、若い奥様がお花に水やりをされていました。「おはようございます。あなた、お水やり大変ですね。頑張っているんや、きれいなお花ですね」と言うと、「そうなんや、世話が大変なのよね」と、話しているとご主人がにこにこしながら、お子さんとお使いから帰ってこられ、気持ちよくお話をしてくださったのです。

私もお話しできて嬉しかったです。初めてお目にかかった方ですもの。息子の代わりもできたし、こんな楽しいことはありません。私もできることは頑張ろうと思いました。でも続くかな？

近所を回っていると、ご近所の方が、「上野さん、お疲れさん。息子さんの代わり頑張っているんや」と話しかけてくださいました。でも、「いつ挫折するかわからないですよ」と言いますと、「あなたならできる」と言ってくださいました。そのように言ってくださって、私は嬉しかったです。頑張ってお手伝いしようと気を引き締めました。

今日、郵便物がたくさんきていました。

どうしよう、私はまだ何も書けていないのにと心配していましたら、それは旅行のパンフレットでした。やれやれ助かったと思い、パンフレットに首ったけになりました。

どこかへ行こう、のんびりと羽を伸ばそうと、そのことばかりを考えこんでいたら、息子が帰ってきて、「旅行に行っといで」と言ってくれました。嬉しいやら、行きたいやらですが、することが多くあって迷い半分です。麦わら帽子を買ってきたのに、草引きをしないと、たんぽぽや花の種が落ちて草でなくなります。

花の種さんごめんねと、謝りながら草引きをしました。あー忙しい。でも日中は暑いし、朝か夕暮れにしかできない。「お天道様、なんとかなりませんかね」と言っても無理な話で、どうにもなりませんね。諦めが肝心です。

朝、雨が降っていました。あるテレビ番組を見ていますと、その道は、きれいな水が流れているところです。京都市内のよく通った道で、上賀茂神社へと続く水路でした。また、出町の商店街が映っていました。

そのお店はお土産屋さんで、たくさんのお客様の行列が続いていました。私も年に三回ほど息子と田舎への帰りに立ち寄りますと、お店の前は行列でした。

出町は、水を地下から引いています。お料理屋のお店でも使用されて、美味しいと評判とのことでした。

出町は、庶民的なところと前に聞いたことがあります。出町の駐車場を出たところに、コンクリートでできた大きなタンクがあります。そこにきれいな水が、かけ流しになっていました。

ある男性が、「この水は飲めますよ」と言って、本人が飲んで教えてくださいました。

他にも、鴨川涼みのお食事所などのいろいろなお話が出ていました。私も懐かしくなり、あの水の流れに沿って、もう一度歩いてみたい気持ちになりました。

水の原点には、サンショウウオがいました。それを専門家が網で捕り、調べて、これは外国産と、言っておられました。

前は、外国産が輸入されていましたが、いつ頃からとは、聞きとれませんでした。輸入しなくなり、そのまま放置されていたとか？　という専門家のお話でした。

それと、賀茂川に川ニナがおり、それを養殖されて、ホタルの餌にすると言って、賀茂川に放流されていました。

夜、ホタルが飛んでいるのが映っていました。賀茂川の水はきれいやとよく言われていました。私が子どもの頃、「明子は色黒だから、京の都へ行って、賀茂川の水で顔を洗っといで」とよく言われました。ですが、子どもの頃も現在も、少しも変わっていません。お化粧すれば少しは変わるかな、いや同じことですよ。農業していたから無理もないのです。都会暮らしは屋内の仕事ですもの。でも、頭の中は、賀茂川のあのせせらぎでいっぱいです。当地から二年間、月二、三回通った道、あの橋、お昼の弁当を買い、河原で腰をおろして食べました。よい思い出となり、涙が出そうになります。何もかもがよい経験となり、懐かしく思いました。

テレビを見るのもいいですね。思い出を楽しくさせてくれますから、夢を見ているようで嬉しかったです。

テレビを見て浮かれていて、ふと思い出したこと。それは病院です。月に一回の病院は何日に行こうかなと思っていると日が迫り、主治医の先生が明日は担当だからと急に行くことになりました。

私は朝、目が覚めたら、手を合わせて、今日病院へ行ってきます、無事に行って帰ってこられますように、とお願いをして起きました。

時間に遅れないようにと用事を済ませて病院へ行き、診察カードを入れて順番待ちですが、患者さんが多くて二時間待ちでした。

その間、待合室の本棚に、マンガの本が並んでいましたので、少しでも落ち着こうと思って、マンガを借りて目を通しましたが頭に入りません。横におられた方と少し話したりしていますと、やっと名前を呼んでいただいた時には、やれやれと思いました。

私は、毎日の血圧を書いた用紙を渡して、集中治療室で受付票を見せて血圧を測り、診察室へ入ります。すると、先生が、「長いこと待たせたね」と言ってくださり、血圧表を見て「血圧順調じゃないの、今度は血の検査と、また胃の検査を受けてくださいよ」と言われました。悪いところが見つからないようにと、祈りながら帰ってきました。

ほっこりして昼食を済ませてから、テレビを見ながら洗濯物を入れたりして、テーブルでうたた寝をしていますと、「明子や、病院行きで疲れたのか？　寝るのだったら、お布団の上で寝たらよいで、疲れが取れるよ」と父の声がして、肩を叩いて起こしてくれました。でも散歩しないとと思って、目を覚ますと夢でした。しばらくすると雷が鳴り、雨が降ってきました。散歩に行かなくてよかった。「おとうちゃん、ありがとう」と手を合わせて、お礼を言いましたが通じたかな、この気持ち、と思いました。私のようなおばあさんでも、父にしたら、まだまだ子どもやと思っているのでしょうね。感謝しなくては。

朝五時頃、目覚まし時計の鳴る音がいつもと変わって鳴ったり、「ピンポン」と耳もとでチャイムの音が聞こえたりして、おかしいと思って急いで起きました。それは、私が寝坊しないようにとのことです。なぜなら、私の寝室からは、電話のベルもチャイムも聞こえないのですから。不思議に思いましたが、これも、きっと父親が起こしてくれたのでしょう。親はいつまでたっても、ありがたいものですね。父に、原稿は何をどう書いたらよいのかと聞いても、教えてくれませんでした。「人に頼るな、自分で考えろ」ということでしょうか。残念です、やはり夢は夢ですね。

当地に根を下ろす

テーブルで、考える人になったり、草むしりをしながら考えることにしましょう。ジャングルの草が、早く抜いてほしいと、私の耳もとで囁いているような気がしてならないのです。思い切って草引きをして汗を出そう、体が鈍っているから動かそう、そう思いました。庭も少しはきれいになり、また、雨が降れば新しい芽が出てくるの繰り返しで、美しい花が咲き、私を励ましてくれることを信じて……。

夢の中でも、美しい花を咲かせてくださいよ、両親と一緒に見せていただくからね、いやおじいちゃん、おばあちゃんも一緒に目を丸くして見ているよ、私も当地で、のんびりと腰を下ろして花見をするから、話しかけたら優しく首を振ってね。楽しみにしていますよー。

この頃は、天候不順ですっきりしません。何をどうしたらよいのか、それこそ考える人になっていますと、午後雷が鳴って雨が降り、表の道路を見ますと、川が氾濫したかのような水でした。車は、水しぶきを上げて走っていきます。きつい坂だから、流れてくる水は、ゴミや、木の葉も一緒にきれいに洗い流してくれました。最後の行き先は大川でしょうが、水のこわさがよくわかりました。

草を引いていたのを朝から袋詰めにして、いつでもゴミに出せるようにしました。やれやれ、ひと安心といったところでした。

夕方にはお日さまが、まっ赤ではなく朱色になって、西の空へ消えていきました。今夜は、また雷と雨が降ると思っていますと、本当に本降りになりました。この頃のお天気はどうなっているの？　と、お天道様教えてくださいと言いたいところです。

私が散歩していると、ある方が、「楽しいことをするから、おいでよ」と言ってくださったのが、「親睦会」でした。当地に来てから初めてのお食事会に行きますと、役員さんにお世話になり、公園でバーベキュー、おにぎり、ジュース、フランクフルト、お茶などをいただきました。参加者は、二百人ほどの集まりでした。

明くる日は雨降りで、あと片づけが大変だったそうで、来週、片づけようと言われたそうです。役員さんも大変だったということでした。

当地に来た年に、係の方が、「会員になりませんか」と言ってくださり、私は、息子にも相談なしで会費を支払いました。入っていれば、皆さんの仲間入りができると思ったからです。入会させていただいたおかげで、夏祭りにも参加することができて嬉しかったです。


夏祭りの会場へ行きますと、大勢の方が行列を作って並んでいたのは、屋台のお店でした。綿菓子、フランクフルト、焼きそば、とうもろこしなど。

私は、とうもろこしを買って、歩きながら食べました。田舎と違って知り合いもなく、食べ歩きの恥ずかしさも平気でした。いい思い出となりました。

しばらくすると盆踊りが始まり、会場の真ん中に舞台があり、その上で音頭をとり、皆さんが踊っておられました。その時、「一緒に踊りましょう」と言ってくださった方がいましたが、「私は練習もしていませんし、見ているだけで十分です」と言いました。

実家にいる時に踊ったのとよく似たような踊りでしたが、その時は踊る勇気がありませんでしたが、見ていても楽しそうでした。


毎日の生活は、今日何をしていたのかと思うほど、あっという間に過ぎます。涼しくなったから散歩、あるいはスーパーへ買い物へ行き、その行き帰りに誰かに出会って挨拶し、これと言った話もなく、いつしか年月が過ぎていくように思います。

あわただしい年の瀬となり、行きかう人の様々な歩く姿を見ていますと、私までも忙しく感じるようになり、日が暮れていきます。

団地住まいということもあって、あまり人に会うこともなく、テレビを見て過ごす毎日です。お正月が過ぎてから、お食事会の集まりの通知がくると、嬉しくて待ちどおしくなります。

当地の気候は、「春なし、秋なし」といったところで、すぐ夏が来ます。衣替えはいつ？　といった具合です。お正月を終えると、すぐに梅雨が来て、夏となる印象があります。

また、待望の夏祭りです。今年も見に行こう。何か楽しみが増えたように思います。私も、少しずつ勇気を出して参加しようと、今から、ウキウキしています。

今年も、夏祭りが近づいてきました。息子は準備に行き、役員さんから、「上野さん乗りかかった船やぜ」と言っていただき、最後までお手伝いするようにと言われ、息子も当地の行事がよくわかってよいと思い、お手伝いをしに行きました。

夏祭りの前日から、「テント張りとか屋台」の準備などがいろいろとあり、大変だったようです。

当日も、午後より、お手伝いに行きました。私も夏祭りを見に行きますと、今年は知り合いが来ておられ、お話もできて楽しかったことと、「おじゃまる」に来られる家族の方とお話をして、お会いできてよかったです。

踊りの時になると、一緒に踊りましょうと言ってくださり、手まね足まねで、先輩のあとから一周、二周、と踊りました。ですが、周りの方から見れば、あの人は何や、と思っておられたでしょうね。恥ずかしさを忘れて、一生懸命のまねごとでした。これで気分が落ち着いたような感じになり、夜は気持ちよく寝られました。今思うと、よく踊ったな、と心の中で笑っています。楽しい一夜、いや一時を過ごしました。息子が見ていなくてよかった。でも、いい思い出を作ることができました。

次は、どんな行事があるのかな？　楽しみにしています。やはり当地に落ち着いて、その日暮らしでもしましょうかね。

息子も役員の皆さん方と共に、忙しいのを忘れて、楽しそうにしているようで、見ている私も嬉しいです。

ある日、スーパーへ買い物に行きますと、皆さんは、お盆にお供えする花の話をされていましたが、「私の家ではお供えすることがありません」と言いますと、「そう、いいわねえー」と言われました。「私は田舎のお墓参りに行くだけです」と言いました。

すぐお盆に入り、お参りは何日にするのと息子に言う間もなく、「早く行かないと道がこむからな」と言われ、お花を買ってこようと話はとんとんと進み、午前二時過ぎに家を出て、六時頃に着き、ご先祖様に、「お参りに来ましたよ」とお伝えしました。

息子が、「おじいちゃんとおばあちゃん喜んでくれたかな」と嬉しそうに言いました。「そうやなあー、一番可愛いがってくれた孫だからね、首を長くしてお参りにきてくれるのを待っておられたと思うよ」と息子に話しました。「また、お参りしようね」と言って、帰ってきました。これで、私も気持ちが楽になりました。「兄ちゃん、ありがとう」という言葉を、胸のうちに納めました。次はいつにお参りできるかしらね……。

毎日暑い中で我慢をして、体を大切にして頑張るしかない、いや何を頑張るの？

と言われそう、難しいなあー。そんなことを考えていたら、もう敬老祝賀会の通知が来ました。

一年ごとに年老いていくのが、さびしいような、嬉し悲しといった気持ちになります。出席すれば、また楽しいこともあるでしょうと、指折り数えて、敬老祝賀会を待つことにします。気分爽快になれればいいですね。

でも、その頃には台風がくるようで、どうなることやら……たぶん中止になるでしょう。

前の年から楽しい行事があるからと、よく言われていたことが、十月に入ってからその行事の親睦会が近くの公園であり、息子は役員として、前の日から準備に行きました。また、当日は朝早くからいろいろな催しの割り当てがありました。

一般の人達の入場は午前十一時からで、その時間になると、各班の人達が集まってこられました。子どもの好きな綿菓子もあります。

行事といえば、グラウンドゴルフ、長ぐつ投げ、梅干しの種投げ、バスケットボール入れ、フォークダンスなどで楽しんでおられました。

食事は、役員の皆さんが用意されて、おにぎり、おでん、焼きそば、フランクフルトなどで、十二時になると役員さんから、「二列に並んでください」と言われ、順番を待って容器を持ち、入れていただきました。楽しい親睦会となり、これまでとはまた違った行事をされました。

皆さんも、ビール、ジュース、お茶などを飲みながら、和やかな雰囲気でした。

私が食事をしていると、お酒を持ってこられ、「いやあー嬉しいね」と言い、目の前にお酒を置いていかれました。私と友達で、「二人三脚」と言いながら、お酒と紙コップを持ってお酌に回りました。今日は楽しい宴会と思って、お酒を持って笑いながらの出来事でした。

「私は途中で帰らせていただきます」と、役員さんに挨拶とお礼を言って帰ってきました。

本当に楽しい一時を過ごさせていただきました。

よい友達に出会えたからこそ、皆さんが食事をされている席へ、お酒のお酌に回ることができました。皆さんと顔見知りになれたと思い、役員の心遣いを受け止めて感謝します。それと共に、よい経験をさせていただいた上、よい思い出をありがとう、と厚くお礼申し上げます。

次回は、どんな催しなのかなー。

ある夜、当地の方から、「お元気ですか？」とお電話がありました。最初に電話をとったのが息子だったのですが、当地の方に、「今の息子さんですか？　上手に応対してくださったから、よろしくお伝えくださいね」と言われました。「長い間ご無沙汰して、連絡もしないで、ごめんなさいね」と言われて、何からお話しすればいいのかと思いながら、すっかり長電話をしてしまいました。忘れずにいてくださったことが嬉しく、お忙しい方ですし、私もうっかりしていました。

お声を聞かせていただいただけで充分なのに、スーパーへ行って、「ゆっくりとまたお会いしましょうよ」と言って電話を切りました。

この方は前に住んでいた時からの友達で、私もときどき電話をしたのですが、留守でしたから、「上野です、またお電話いたします」と留守電に残しながらも、おたがいにすれ違いで、やっとお話ができたと笑い話になってしまいました。

いつまでも、仲のいい友達でありますようにと、願っている私です。


スーパーで、こんにちはと私に挨拶をしてくださる方があり、振り向くと、「上野さんではないの。どないしてたん」と話してくださいました。声をかけてくださって、びっくりしたというより、懐かしく嬉しかったです。その方は、以前に住んでいた場所で、ミニサークルでお世話になった方でした。優しい方で、わからないことを親切に指導して教えてくださった、私を覚えてくださっていたと思うと、本当に嬉しくて、なんとも言えない気持ちでした。

現在のサークルでは、「振り込め詐欺」の話題に変わってきたと、話をしてくださいました。あなたも気をつけてくださいよと、親切に言ってくださいました。その方もお忙しい方なのですが、またお会いしましょうと、言ってくださいました。

こんなふうに、以前の知り合いから、「上野さん、元気だった」と言って、お声をかけていただけるのが、一番の幸せです。

私は、あのミニサークルの時に、会長さんをはじめ、皆さんに大変お世話になった時のことを、今でもよく覚えています。またお会いしました時には、いろいろとお話を聞かせてくださいね。もう一度、あの時のように、皆さんにお会いしたいと思います。以前住んでいた時のことが、走馬灯のように思い出されます。

また、お会いする日を楽しみにしています。本当にありがとうございました。

いろいろと考えてみましたが、やはり当地に、根を下ろす覚悟で頑張ることにしましょう。

大切な友達がいる町なので……。

田舎の料理

お正月のお祝いとお供え

私は、この土地に来てから市内のお世話になった方に、電話で新年の挨拶をしますと、「初詣でお参りしたか」「お雑煮食べたか」「体を大切にしいや」と言われました。いろいろと心配しながら、やさしい言葉をかけてくださいました。私は、「お雑煮ではなく納豆餅を食べました」と話しますと、「納豆餅のことははじめて聞きました」と言って、「餅に大根おろしのことは知っています。それを郷土料理として書かれてはどうですか?」とアドバイスをいただきました。息子が言うには、友達がお雑煮の話をしていても俺は知らなかったと今でも言います。納豆餅は時代が変わりなくなりつつあります。

私は当地に来てからお餅は市販のものを、お皿に取り粉をまぶして餅を並べ、ラップしてからレンジで軟らかくし、きな粉を大皿にまぶした上で十センチの大きさに丸くのばして、納豆に塩、しょう油を好みに入れて餅の上に置き、ギョウザのように折り曲げた半月の納豆餅を作ります。きな粉はお餅が手につかないようにするために使います。田舎では、機械でお餅をつきました。納豆も自家製でした。

お正月のお供えとして、テレビの横にゴザを敷いて一斗升の中にお米入りの白い布袋を二つ入れて松の木を差し、しめ縄を飾りましたが、年月が経つにつれてしなくなりました。

実家では、私の記憶に残っているお供えは床の間に筵《むしろ》を敷いて米俵を置き、その上に松を差して飾り付けをしていました。

私は、お正月の朝、起きたら、神様、仏様、お稲荷様など、いろいろとお灯明をあげて回り、それからお祝いの用意をします。

豆炭の火をおこしてコンロに入れ、網の上でお餅を焼いて作る納豆餅は、先に書いたとおりです。湯のみ茶わんに昆布茶と梅干しを入れ、お湯を注いでお正月のお祝いとしました。納豆餅は全部食べずに少し残し、神様にお供えして、一年食い残しがあるようにとお祈りします。お煮しめはどこのものとも同じです。

七日には七草粥《がゆ》にお餅を入れて、ゆずり葉の上に置いて神様にお供えします。

実家では、お正月の餅米は八升ほどで、世間一般の鏡餅とお供え小餅で、そのほかに二升の米を臼でつき二等分して長く平たくして、こうじぶたの上にのし餅として二枚並べます。それとこがね餅も同じようにします、こがね餅は、餅米とうるち米を混ぜたもので、二、三日してから一センチ幅に切り、のし餅は一センチ幅に切るのと、三ミリ幅に切り、縄を編んでそれを五枚ずつ挟んでいき、床の間に竿竹を横に渡して、吊るし柿のようにして干します。

朝になって、新しい筵の上に餅が乾いて落ちていたら、囲炉裏で鉄きゅうの上に細い目の網を置いて焼いて食べました。

実家は、お雑煮で白味噌に丸小餅でした。具は頭芋（里芋の親芋）、カブラ、豆腐でした。

お正月の朝、父が豆木でお湯を沸かしてバケツに入れ、表で手のすいた人から順番にお湯をかけ合い、手や頭を洗ってから上を向いてポンポンと手をたたき、頭を下げて一年の挨拶をすることは、年月が経つに連れて次第に消え去ってしまいました。

子どもの頃、私が「お母ちゃん、お腹がすいた」というと、こがね餅を囲炉裏で焼いて白味噌をあんこのように餅に挟んで食べていました。そして、「『おしゅん』をしよか」と母が言いました。「おしゅん」とは、のしの白餅を焼いてお椀に醤油を入れ、お茶をかけると「しゅん」というところからよういいます。それを食べて、「お母ちゃん、おいしいね」と言って喜んでいると、母も嬉しそうでした。

一月十五日の「とんど」には早い人から行って新年の挨拶をしてから始まりです。観音様の広場で、お正月の飾り物を燃やして燠《おき》（残り火）でお餅を焼いたり、青竹をシュッというまで焼いて立ち木に当てて、ボンと言ったら三十センチくらいの長さで三センチ幅に切り、持ち帰り、竹の上にお餅をちぎってお供えします。

しめ縄の灰（縄の形の物）を持ち帰り家の周りにまいてから、家族の者、みんなが額に付け、一年間の無事を祈ります。焼いたお餅は、家族で分け合って食べて残りは神様にお供えして雷が鳴ると、お下がりをいただきます。水は大切な資源だから、このようなことが代々伝わってきました。

十五日に「神さん正月」といって小豆粥を炊いて薄く切った餅の上に「おへぎ」に

入れて神様へのお供えを母がしてくれました。

実家のお総菜・お客様用として

お正月だけでなく年中のことですが、母が味噌漬けを作っていました。鉄ぽう漬け、瓜、山椒、松茸、茄子、胡瓜、大根などでお客様がいつに来られても良いという感じで、お酒の突き出しにしていました。私が「少し食べたいなあー」と言ってほんの少し食べますと、「辛いなあー。大人には酒と合うのか」と思いました。また、粕漬けは大根、小玉スイカ、瓜などで、お客様は、「うまい、うまい」と言って食べていました。

醤油も自家製で、大きな桶に竹で編んだ筒が真ん中に入れてあり、その中に具材が入っていました、醤油は使う分だけ容器に入れて料理に使っていました。しぼり粕はもろみとして胡瓜に付けたり料理に使っていました。菜種や胡麻の油も作っていました。

父が村役をしていました時には、母はいつお客様が来てもいいようにと米を毎日二升ほど洗っていました。母は偉いなあーと思いました。父は、お客様の五目飯を自分一人で炊いてくれました。

材料は鶏肉、大根、にんじん、蒟蒻《こんにゃく》などに味付けをして入れて先に炊き、ご飯が煮立ってきたら貝を入れて混ぜ、青味の三つ葉を散らして、また煮立ってから炊き上がるのを待って、おひつに入れました。一人で大変だなと思いました。

お客様は次々と集まって来て席につかれて挨拶があり、少しの時間に話し合いの後で、食事となり、皆さんは口々に、「うん、これや、これや」と言ってもくもくと二升ほどのご飯を全部食べられました。家の者が食べるのは少し残ったおこげでしたが、おむすびをして分けあって食べました。

父が炊いてくれたご飯は、それ以来食べたことがありません。懐かしく思います。ありがとう！

父は父、母は母の味で、お漬物も母の味が良かった、姉も母のまねはできないと言っていました。これが実家秘伝の味だったと思います。

母が酢飯をおにぎりにして、高菜のお漬物で包んだのと高菜を巻き寿司の芯にしたのをお客様がお土産に持ってお帰りになった後で、少し残ったのを食べますと塩の味がよくきいておいしかったです。母も嬉しそうにしていました。

今の年になって一度も作ることができなかった私です。

春、秋のお彼岸と言えば「おはぎ」ですが、スーパーへ行きますとよく買って帰ります。

田舎にいる時は、おはぎもいろいろで小豆、きな粉、青のり粉等でしたが、実家では、えんどう、そら豆、小豆をあんにして、おはぎを作ってくれました。それと、よもぎ餅やよもぎ団子といって、よもぎは塩ゆでし、餅米とうるち米の粉を混ぜて水を入れてよくこねて、こねた米粉の上にゆでたよもぎを置き蒸し器で一緒に蒸してから少しさまし容器に入れ、すりこぎでついてから適当な大きさに分けて、十センチくらいの大きさに広げて、あんこを入れ半月にして手に付かないように、きな粉をまぶしてでき上がりです。

また餅米も、よもぎと一緒に蒸して臼で餅をついて適当にちぎり丸めて平たくして、あんを入れて、取り粉の上に並べる、この仕方もありました、これを神様にお供えしてからいただきました。

田舎では、田植え時期になると山へ行くことができません、その間に都会からお弁当を持って車で来ますので、ワラビ、ゼンマイ、蕗などを採って帰ります。地主さんが山へ行ったら蕗を根から抜き取っていますので、追い追いと蕗の出が少なくなっていくと困っていましたが、私の住んでいた家の近くに蕗も出ていましたので採られなくて良かったのですが、親戚の方が来て根まで抜いていた時もありました。でも家の者は何も言わず、十二月に蕗のトウが、たくさん芽が出ていましたが少なくなりました。

蕗のトウは塩茹でして冷ましてあくを取り、細かく刻んで、お味噌とみりんと出しを入れて煮込み、ご飯と一緒に食べましたら、ほろ苦さがあり、お酒にもよく合いました。風邪薬にもなると言って何度も炊きました。

当地を歩いていますと、山椒を採っている方がいて、「いい香りですね」と言いますと、「昆布と一緒に炊きますねん」と言いましたので、「塩茹でして袋に入れて味噌漬けにしてもおいしいですよ」と言いますと、「いいことを聞いたので、私も一度やってみますわ」と言いました。「山椒を採り残してもすりつぶして粉にし、お味噌と混ぜて茄子の田楽にすると美味しいですよ」とも言いました。

ある日、桑のことをテレビで放映していましたが、私は桑の実を食べながら畑で仕事をしていました。現在では機械を通して薬にして飲んでいると聞きました。

今思うと、旅行に行った時に蚕のまゆの原料で作られた絹製品の物や、長生きできると言って飴が販売されていましたので、お土産に買って帰りまして近所の方に、「長生きできる飴ですよ」と言って渡しますと嬉しそうにして、「これで長生きできるわ」と言われました。

また、ある放送で大根の葉はどのように使用するかと言っていましたが、葉の水分がなくなるまで干し、それを洗濯ネットに入れてお風呂に入れると温かくて汗を出しますので、身体によいと言われています。また、産後に干し葉を風呂に入れて浸かると身体によく効くと言われていました。

私が娘の頃、ズイキ（里芋の茎を干した物）をお湯でもどして煮て食べると産後の肥立ちがよく、血おりが早いとか、何しろ産後、身体が早くよくなると言って、都会の方がよく採りにきていました。やはり昔の人達は身体を守るためにいろいろと考えていたようです。

またお腹が痛いと言うと、ゲンノショウコやせんぶりを干して煎じて飲んだり、ドクダミを干して煎じて妊娠中に飲むと胎児の肌がきれいで、生まれた子どもは、じんましん、ふき出物がないと言われたり、またスギナを干して煎じて飲むと肩こりによく効くとも言われていました。

私もアロエ、ドクダミを毎日食べていますが、アロエは胃によく効くと聞いています。

今はどこへ行っても田舎の味、手作りの味などと言ってお店に並んでいますので、田舎を思い出して懐かしくなり松茸昆布と松茸御飯を買って帰り息子と食べますと、田舎で炊いた味とまったく違う味だった、こんな味ではなかったと、息子もやはり「田舎の松茸やなあ……」と懐かしんでいます。

味が違うのも、人それぞれのことだからいちがいには言えませんが、私は直接に山へ採りに行き、商品になる物や傷物がありますので、傷物を少しの塩に漬けておき、その後よく洗い食べやすいように切ってから、醤油に浸し、ひと煮立ちしてから、保存用とすぐ食べる分に分けて洗い、米と松茸を一緒にして、一割の醤油で味付けをして炊きました。このようなことです。

私が炊くと味が薄いと息子に言われましたが、都会の方にはこの味でいいと言われ、手土産にしたことがあります。人の口は難しいと思います。

その時その時で微妙な味のご飯が炊き上がります。今でも息子によく言われます。

私は、息子のお弁当に少し入れようと思い蕗の煮た物を買って来ましたが、息子から、お弁当には入れないでほしいと言われてしまいました。

お客様が来られた時でした。私が蕗を採っていると「蕗を煮てくれるの」と言って手伝ってくれたので、小さいのは葉も一緒に煮る、太い物は皮をむいて三センチに切って塩を少し入れて茹で水気を切って、醤油、みりん、だしの素、かくし味に少し砂糖を入れて大きな釜いっぱいにして煮ました。でき上がりは半分ほどに減ってしまいます。ご飯と一緒に食べると味がよく出ていると言って、残りはお土産となり、我が家が食べる分は蕗を採って炊き直しました。

山へ行き木の芽を取って帰り塩茹でにして細かく切り、みりん、醤油、だしの素を入れて煮ます。半分は保存用にして、後の半分は卵でとじて煮つめて一品料理にします。お酒にも、ご飯にも合います。

今の時代は肉類も豊富にありますが、娘の頃は肉という食材がなく、カレーといえば鯖缶で作ったように思います。残っただし汁は大根ほか、お野菜を煮て食べました。

父が鶏肉を料理する時に少しだけ味噌漬けにして焼いて食べますと、こうばしくておいしかったです。それと足の部分を山賊焼きにして、塩、コショウなどで味付けして食べるとおいしく、両親も、「これはうまいなあー」と言っていました。

田舎の玉味噌作りについて

テレビや新聞でも報じられていますが、今この記事を見まして懐かしく思い、少し記してみたいと思います。

最初に大豆を洗って一晩桶に水を入れてふやかして、それを大きなお釜で煮ますが、ちょっと目を離すと吹きこぼれそうになりますので、軟らかくなるまでは火の調節をしなければなりませんので大変な作業です。

大豆が軟らかくなるとザルに移して冷まし、それを手回しのすりつぶし器に少しずつ入れてつぶしますが、これが手間のかかる仕事で、それをこうじぶたに入れていき、別の容器に米糠を入れて、つぶした豆をソフトボールくらいの大きさに固く丸めて、米糠をまぶしておき、稲藁を軟らかくして四すべで玉味噌を二個ずつ作り、丸太の木を家の中で両端をしっかりと括り、それに玉味噌をぶらさげて囲炉裏で煮炊きし、煙で玉味噌が燻されていましたが、時代の変化で囲炉裏からかまど（おくどさんとも言われていた）に変わっていきました。

どの家庭も玉味噌を作っていましたがかまどもなくなり、生活改善とかして現在のガスレンジ、文化住宅となりました。

燻された玉味噌は金束子《かねたわし》でゴミを取り細かくつぶしてふるいにかけ、大粒の物は味噌を仕込む時に最初に入れます。

次に水、こうじと塩を一緒に入れて混ぜ桶に入れながら、空気が入らないようにまんべんなくよく押さえて上に布をかぶせて押しぶたをしました。塩、こうじがとけて汁気が出ますから少し固めのほうがいいと思います。

お味噌を作る時期は、十二月に玉作りをして一月に仕込みますが、家庭それぞれに暦を見てするとか、また一月〇〇日など毎年同じ日にするという家庭もありました。

味噌漬けを作る時は、別の容器にお味噌を入れないと、カビが出るので気をつけることです。常に使っているお味噌でなさるとよいと思います。

著者プロフィール

上野 明子（うえの あきこ）

1940年、京都府生まれ。

二人の男子の母親。

趣味は旅行、料理、園芸など。

著書に『我が生い立ちの記―つれづれに』（2007年12月）、『山あり、谷あり　我が茨の人生』（2009年12月）、『夢をつむいで』（2011年12月、すべて文芸社）がある。

根を下ろして生きる

2014年9月15日　初版第1刷発行

著　者　上野 明子
発行者　瓜谷 綱延
発行所　株式会社文芸社
〒160-0022　東京都新宿区新宿1－10－1
電話 03-5369-3060（編集）
03-5369-2299（販売）

印刷所　株式会社平河工業社

ISBN978-4-286-15480-0
JASRAC 出1408486－401